詩經

智慧名言故事

楊曉偉◎編著

《詩經》是我國最早的一部詩歌總集。書中所收作品，其成詩年代從西元前十一世紀至西元前六世紀，前後約六百年，產生於今陝西、山西、河北、河南、山東、湖北等地。相傳周王室有專人收集民間詩歌的制度，稱為「采詩」，《詩經》中的不少作品的輯集與這種制度有關。《詩經》本只稱《詩》，至西元前二世紀漢武帝時，被列為儒家五經之一，故稱《詩經》。

先秦經典智慧名言故事叢書
張樹驊◎主編
詩歌總集

導讀

《詩經》是我國最早的一部詩歌總集。書中所收作品，其成詩年代從西元前十一世紀至西元前六世紀，前後約六百年，產生於今陝西、山西、河北、河南、山東、湖北等地。相傳周王室有專人收集民間詩歌的制度，稱為「採詩」，《詩經》中不少作品的輯集與這種制度有關。《詩經》本只稱《詩》，至西元前二世紀漢武帝時，被列為儒家五經之一，故稱《詩經》。據《史記．孔子世家》記載，《詩》中本含有三千多首作品，後經孔子刪定，存留三百零五篇，因此也被稱為「詩三百」。秦始皇統一中國後，曾焚燒了諸家典籍，不過《詩經》因為是韻文，易於傳誦，所以得以保全，至漢代重新開始流傳。傳詩者共有四家：齊人轅固所傳的叫《齊詩》，魯人申培所傳的叫《魯詩》，燕人韓嬰所傳的叫《韓詩》，魯人毛亨所傳的叫《毛詩》。此四家之詩，原文與章節幾無差異（個別字句因通假而不同，個別地方分章不同），對詩的解釋則差別很大。自東漢鄭玄為《毛傳》作箋後，《毛詩》一系漸盛，其他三家則逐漸亡佚。現在的《詩經》，就是毛亨所傳。

《詩經》分為「風」、「雅」、「頌」三大類。所謂「風」，據《毛詩序》所說，有「上以風化下，下以風刺上」之意。籠統言之，「風」就是某一個地方的民間歌曲。《詩經》中的《國風》，包括周南、邶風、衛風、鄭風、齊風等十五個國家的民間歌曲，共一百六十篇。所謂「雅」，《毛詩序》訓為「正」，即政，言王政之意。政有大小，故《雅》有《大雅》、《小雅》之分，共一百零五篇。在風格上，《風》、《雅》、《頌》的區別很清楚。鄭玄釋「頌」為「容」，認為《頌》之詩歌主要是稱頌聖德，其詩篇多屬祭祀、祈禱、讚頌。《頌》分為《周頌》、《魯頌》、《商頌》，共四十篇。

《詩經》的題材，大致可以分為這樣幾個方面：一、描繪婚姻與愛情的詩，這一類詩在《詩經》中數量最多，具有濃郁的抒情色彩，是藝術價值最高的部分；二、鞭撻黑暗現實、反映勞動人民生活場景的詩，這一類詩具有鮮明的時代特徵和重要的歷史價值；三、有關上古神話傳說、英雄事蹟的詩，這一類詩成為我們瞭解上古社會的珍貴資料。

《詩經》的三種主要創作方法是賦、比、興，用朱熹的話說：「賦者，敷陳其事而直言之外。」「比者，以彼物比此物也。」「興者，先言他物以引起所詠之詞也。」簡而言之，「賦」是鋪陳敘述法，「比」是比擬法，「興」是聯想法。同時，《詩經》還大量使用疊字、疊句、疊章的方式，富有一種音樂的節奏感，表現出民歌的特點。《詩經》中的許多作品語言樸素自然，同時又鮮明生動，具有高度的藝術概括力。

《詩經》是我國幾千年文學創作的源頭，它不僅奠定了我國以抒情為主的詩歌傳統，而且為後代詩人的創作提供了範本和母題，對中國文學的發展產生了無可企及的深遠影響。同時，《詩經》中的一些篇章還對當時的生活場景及歷史事件作了真實的描繪和記錄，具有非常重要的史學價值，同時也是一種寶貴的思想資源。幾千年來，解《詩》的作品多不勝數，我們撰寫這本《〈詩經〉智慧名言故事》，就是希望透過這種前人較少採用的方式，來向閱讀習慣有所改變的現代讀者介紹《詩經》，使人們重新領略《詩經》的語言、意境之美以及其所蘊含的深刻哲理。

本書在內容上包括名言、要義、故事三個部分：

首先，在名言選擇上，按照《詩經》的特色，注重這樣幾點：一是濃郁的藝術氣息。如「昔我往矣，楊柳依依。今我來思，雨雪霏霏」（《小雅‧采薇》），文辭曼妙，意境深邃，是歷來所稱頌的佳句。二是積極的思想意義。如「柔亦不茹，剛亦不吐。不侮矜寡，不畏強禦」（《大雅‧蒸民》），頌揚了堅韌不屈的民族性格。三是強烈的諷喻色彩。如「不稼不穡，胡取禾三百億兮？不狩不獵，胡瞻爾庭有縣特兮？彼君子兮，不素食兮」（《魏風‧伐檀》），表達了被壓迫者的心聲。四是重要的史料價值。如「厥初生民，時維姜嫄」（《大雅‧生民》），是關於周人的史詩。需要特別指出的是，所選的詩句，絕大多數不僅為歷代文獻經常引用，而且至今仍為人所熟悉，成為名副其實的「名言」，如「窈窕淑

女」、「投桃報李」等等，這說明《詩經》中這些詩句是具有強大生命力的。

其次，在要義解釋上，除了註明原文的出處、將冷僻字翻譯成現代語之外，還特別注意對原文含義進行合乎歷史事實的解釋。這是因為，自從各家為《詩經》作注以來，歧義紛出，尤其是當《詩經》被奉為儒家經典之後，注疏家常常對其含義作歪曲附會的理解。如《關雎》本是一首抒寫戀情的愛情詩，卻被附會為歌頌周代的「后妃之德」。因此有必要按照唯物史觀，還其本來面目。此外，我們還對原文的現代意義有所闡發，以利於讀者更深刻地瞭解《詩經》中這些名言所以久傳不衰的原因所在。

再次，在故事取材上，我們一方面注意了其與名言、要義在內容上的銜接，將其作為兩者的生動詮釋和意義的再度闡發；另一方面，也注意了其本身所具有的相對獨立和完整的含義，將其作為名言所含意義的拓展和延伸，目的是讓讀者在趣味性閱讀中真切地感受這些看似簡單的詩句之中所蘊含的豐富寓意。這些故事採自古代的史傳、筆記、小說、民間故事和傳說，時間範圍從上古神話時代直到明末清初，在忠於原著的基礎上對文字作了潤色，力求真實性與可讀性。

需要特別指出的是，《詩經》之不同於先秦其他典籍之處在於，它是以抒情詩為主的文學作品，所以選入的許多段落往往只表達了一種朦朧的意緒，既無明確所指，亦不能簡單地框定在一個故事之中，由此給我們的選材帶來一定的難度。對於這個問題，我們盡可能地選

取一些富有詩意的故事，並引入了後代意境相近的一些詩詞，與原文形成比照，以期啟發讀者從審美的視角來感受古典詩歌的藝術魅力。

本書在參考《毛詩正義》（毛亨傳，鄭玄箋，唐孔穎達疏）、《詩集傳》（宋朱熹著）、《詩毛氏傳疏》（清陳奐著）、《毛詩傳箋通釋》（清馬瑞辰著）等通行已久的注本的同時，還廣泛吸收了近人的研究成果。書中如有偏頗疏漏之處，懇請讀者批評指正。

宣德丁未
御筆戲寫

關關雎鳩

【名言】

關關雎鳩，在河之洲。窈窕淑女，君子好逑。

——《國風‧周南‧關雎》

【要義】

關關，鳥兒鳴叫聲，可進一步理解為雌雄相應之聲。雎鳩（音ㄐㄩ ㄐㄧㄡ），魚鷹。

窈窕，嫻雅美好的樣子。淑女，文靜美麗的女子。

君子，此處是對男子的美稱。逑（音ㄑㄧㄡˊ），配偶之意。

名言的意思是：「水鳥兒關關鳴唱，在那河邊沙洲上。美麗善良的姑娘，正是我的好對象。」

《關雎》描寫一個小夥子對美麗的姑娘一見鍾情，姑娘採摘野菜的動作在他的眼裡也是那麼迷人，以至於「寤寐求之」，睡夢裡都在追求她。一時沒有得到姑娘的垂青，小夥子「悠哉悠哉，輾轉反側」，翻來覆去也睡不著。於是，小夥子想盡方法去討姑娘的喜歡：「窈窕淑女，琴瑟友之」，「窈窕淑女，鐘鼓樂之」，希望彈琴使她快樂，希望敲鐘擊鼓供其歡娛，活靈活現地刻畫出了一個深陷於愛情當中的青年男子的形象。

因為《關雎》是《詩經》中的第一首詩，所以被以往的注釋家們賦予了太多的意義。《詩序》說：「關雎，后妃之德也。風之始也，所以風天下而正夫婦也。」實際上，這是一首純粹的情詩，藉魚鷹雌雄相求起興，自然地引出了男女相愛的主題。並且，因為在古人的眼裡，魚鷹「義不雙侶」，是愛情堅貞的象徵，也含蓄地點出了男女愛情的純潔，這正是漢民族的愛情觀。

【故事】

漢代的司馬相如才高八斗，年輕時便以長賦名揚天下。可是，由於他家境窮困而眼光頗高，一直未找到心上人。後來，他聽說臨邛富豪卓王孫的女兒卓文君貌美如花，同時還是一個才女，這不禁勾起了心中的愛慕之情。但司馬相如知道，財大氣粗的卓王孫是不會看上他這個窮光蛋的，這不禁令他十分苦惱。他將自己的心事告訴了好友臨邛令王吉，王吉安慰他

說：「現在就有一個好機會，一切都包在我身上了。」原來，卓王孫正打算大宴賓客，王吉作為臨邛的最高父母官，自然也在被邀之列。他告訴卓王孫說，名士司馬相如正在臨邛，若能請他赴宴，將會是很有面子的一件事。既然王吉開口，附庸風雅的卓王孫自然是滿口答應。

宴會那天，司馬相如應約赴宴，受到了隆重的接待。卓文君聽說大文人司馬相如到場，也忍不住躲在屏風後邊，偷看他到底是什麼樣子。她見司馬相如相貌清秀，舉止嫻雅，便對他產生了好感，而早已有心的司馬相如也看到了美麗的文君，一見之下，便即傾心。恰在此時，王吉搬來了名貴的綠綺琴，請司馬相如為大家演奏，這一建議正合相如的心意。他就像《關雎》中的那個小夥子一樣，希望能夠藉琴聲來打動所愛之人的心，於是，他邊彈邊唱，唱的是一曲《鳳求凰》：

鳳兮鳳兮歸故鄉，遨遊四海求其凰，
時未遇兮無所將，何悟今夕升斯堂。
有豔淑女在閨房，室邇人遐毒我腸！
何緣交頸為鴛鴦，胡頡頏兮共翱翔？
鳳兮鳳兮從我棲，得託孳尾永為妃，
交情通體心和諧，中夜相從知者誰？

雙翼俱起翻高飛，無感我思使餘悲！

美妙的琴聲，使得文君心神俱醉。此歌上章表達的是司馬相如對文君的愛慕，下章則暗示文君與其私奔，希望與她做一對神仙眷侶。相如知道，雖然酒席上文君的父親卓王孫對自己十分敬重，但那多半是仰仗王吉的面子。對於卓王孫這樣的富豪來說，自己的才名只能用來裝點門面，他骨子裡並不會十分看重，而自己的貧窮則會讓他退避三舍。如果直接向卓王孫提出讓文君嫁給自己，絕對是自討沒趣。於是，他便希望用琴聲、歌聲打動文君，並將希望與文君私奔的意思透過一曲《鳳求凰》傳達給了她。

歌中之意，粗鄙無文的卓王孫是聽不明白的，聰明的文君則是心知肚明。她也被司馬相如的才氣、風度以及他對自己的愛所打動，同時也明白，要想與司馬相如相伴相隨，就必須像相如所說的那樣與其私奔。對於司馬相如的愛終於使她下定決心。「中夜相從知者誰」，半夜裡，她果然悄悄跑到了相如的寓所。一到天明，他們便離開臨邛，到相如的故鄉成都去了。

司馬相如與卓文君的故事，類似於一個傳奇，其兩情相悅的情景，與《關雎》一詩所載幾乎如出一轍。並且，在婚後的一段時間裡，兩人的確相處得很好，相如還經常像《關雎》中的那個小夥子一樣，時不時為文君撫琴，以使她快樂。但當司馬相如發達之後，文君便受到了冷落。這是後話，也不是像《關雎》這樣美麗的詩歌所能盡相涵蓋的了。

采采卷耳

【名言】

采采卷耳，不盈頃筐。嗟我懷人，寘彼周行。

——《國風・周南・卷耳》

【要義】

采采，採了又採之意。卷耳，菊科一年生草本植物，又名「蒼耳」。頃筐，簸箕形淺竹筐，前淺而後深，邊緣傾斜，故名「頃筐」。懷人，思念遠行之人。寘，同「置」，放置之意。周行（行音ㄏㄤˊ），大道。

名言的意思是：「採了又採卷耳菜，仍裝不滿淺竹筐。嘆我想念遠行人，竹筐輕輕放路旁。」

竹筐很淺，為什麼採卷耳的姑娘採了又採，卻仍然裝不滿呢？原因在於，她老是想著遠行的愛人，因而沒有心思去採。透過這樣的一個細節，便把這個姑娘因思念愛人而心神不寧的狀態描畫了出來。

接下來，詩人巧妙地轉換視角，不再繼續描寫自己的思念之情，而是設想丈夫在行役途中是如何思念家鄉，思念親人：路途是那麼的艱險，把馬兒都累趴下了，而詩人孤單的丈夫只能藉酒澆愁，希望藉此「不永懷」（少想家）、「不永傷」（少憂傷）。述說的是丈夫的思念，卻把自己的思夫之情更強烈地表達出來。「不永懷」、「不永傷」等表達方式很含蓄，但正如王夫之所說：「示以不永懷，知其永懷矣。示以不永傷，知其永傷矣。」

【故事】

朱淑真是成就不亞於李清照的南宋女詞人，自號幽棲居士，生卒年已不可考。她出生於一個官宦家庭，自幼聰明美麗，少女時代便能寫出很優美的詩詞。按說，這樣的女子本應有幸福的一生，可惜的是，她的幸福卻被其魯莽獨斷的父母葬送了。父母命令她嫁給一個市井男子，朱淑真雖不願意，但在那樣的年代裡，父母之命是不可違抗的。從出嫁的那天起，她便陷入了痛苦的深淵。

朱淑真的丈夫真正讓她不滿意的，並不在於身分與地位的差異，而在於性格、情調的大

異其趣。朱淑真希望能過著一種高雅的生活，而她丈夫的人生目的則只在於名與利，詩詞之類在他看來完全是無用的東西。我們可以透過朱淑真的《舟行紀事》一詩，看出兩人的差別到底有多大：

帆高風順疾如飛，天闊波平遠又低。
山色水光隨地改，共誰裁剪入新詩？
對景如何可遣懷，與誰江上共詩裁？
日長景好題難盡，每自臨風愧乏才。
歲節將殘惱悶懷，庭幃獻壽阻傳杯。
此愁此恨誰人見？鎮日愁腸自九回。

面對一個每日只知求名求利的祿蠹，無人與自己共同將山色水光共同裁剪入新詩的煩悶時時都會湧上心頭，難怪朱淑真要哀嘆「此愁此恨誰人見」，並且「鎮日愁腸自九回」了。可恨的是，就是這樣不如意的婚姻生活還沒有維持到底，因為另有新歡，朱淑真的丈夫竟將她給拋棄了。在那個封建年代裡，棄婦的生活是十分悲慘的，朱淑真空有一身才氣，也只能終日以淚洗面。

就在朱淑真最為失意的時候，或許是上天可憐她，賜予她一段難得的愛情，讓她遇到了

個情趣相合的男子。其人到底是誰現在已不得而知，但可以肯定的是，這是一個風流雅致的人，與其前夫完全不同。在經歷了一段毫無感情的婚姻生活後，朱淑真終於嘗到了愛情的滋味，我們能夠想像到她是多麼的快樂，她的作品中也流露出了一種很罕見的滿足感：

惱煙撩露，留我須臾住。攜手藕花湖上路，一霎黃梅時雨。

嬌癡不怕人猜，和衣睡倒人懷。最是分攜時候，歸來懶傍妝台。〔清平樂〕

能夠與所愛之人攜手湖邊，一同感受雨中風情，朱淑真是多麼快樂啊！難怪她會寫出「嬌癡不怕人猜，和衣睡倒人懷」這樣熱烈的詩句。

可惜的是，幸福生活竟是那麼短暫，僅僅過了兩個半月，這個男子便離朱淑真而去。剛剛看到曙光，卻又重新跌入黑暗的深淵，朱淑真的痛苦可想而知。這是朱淑真一生中唯一的一段愛情，令她終生難以忘懷。現實的失意，使她時時懷念那段甜蜜時光，寫下了著名的〔生查子〕一詞：

去年元夜時，花市燈如畫，

月上柳梢頭，人約黃昏後。

今年元夜時，月與燈依舊。

不見去年人，淚滿春衫袖。

此詞上闋（闋音ㄑㄩㄝ）描寫朱淑真與情人兩情相悅的時光：去年的元夜，兩人相約於燈火通明的花市，愛情像燦爛的燈光那樣熱烈，像依依的月光那樣溫馨。今年的元夜，月光和燈火與去年一樣，但不見伊人，只能獨自垂淚。此詞語句平淡，卻形成了一種強烈的對比效果：去年的愛意濃濃與今年的失意相對比，熱鬧的環境與淒涼的心境相對比，使我們彷彿看到了朱淑真那顆破碎的心。

同樣是懷念自己的愛人，《卷耳》中的那個姑娘雖然痛苦，畢竟還存著一分希望，而在朱淑真的這首〈生查子〉中，我們卻於燈火輝煌中體會到了一份深深的絕望。

漢之廣矣

【名言】

漢之廣矣，不可泳思。江之永矣，不可方思。

——《國風．周南．漢廣》

【要義】

漢，漢水。思，語助詞。泳，游水，一說為潛水。永，水流長。方，繞行，一說為乘船渡水。

因「江之永矣」是突出漢水之長而不是其寬，故釋「方」為「繞行」更為合適。其意為：「茫茫漢水寬又寬，不能游泳到對岸。漢水滔滔長又長，無法繞到河那邊。」

《漢廣》這首詩，說的是一種無望的愛情，由詩中不斷出現的南山、喬木、野樹、蔞蒿等

詞語來看，陷入無望愛情中的大概是個砍柴的小夥子，被愛姑娘的身分詩中則沒有交代。由小夥子所發出的「漢之廣矣，不可泳思。江之永矣，不可方思」的哀嘆來看，阻礙兩人產生感情的壕溝是很深的，恐怕不僅僅是雙方能否看得上眼那麼簡單，很可能有強大的外在阻力，比如身分、地位的差別。

《漢廣》共三章，所選名言出現在每一章的結尾，這種絕望的詠嘆一字不易的反覆出現，具有極強的藝術感染力。

【故事】

戰國時，宋國國君宋康王的舍人韓憑，娶了一個妻子姓何，長得十分美麗。宋康王見色起意，將何氏奪走。韓憑很憤怒，宋康王便把他關進監獄，後來將他黥面髡首（黥音晴，在犯人臉上刺字染黑；髡音昆，古代剃去頭髮的一種刑罰。），發送邊城。

何氏很想念韓憑，偷偷地給他寫了封信，言辭隱諱地說：「其雨淫淫，河大水深，日出當心。」

宋康王也見到了這封信，不解其意，便讓左右的人看，眾人也難以說明白。大臣蘇賀解釋說：「其雨淫淫，是說憂愁而且思念。河大水深，是說不能互相往來。日出當心，是說心中有了死的打算。」

見到這封信，韓憑十分悲傷。不久，他就自殺了。何氏也是早存死志，想跳樓結束生命。但是，宋康王派來的人對她看護得很緊，很難找到機會。於是，她便暗中將自己的衣服弄得都腐朽了。一天，宋康王與何氏登高台遠望，何氏趁周圍的人不太注意，縱身便往台下跳去。左右的人急忙伸手拉她，但衣服已經腐朽，手拉不住，便摔死了。她的衣帶裡留著一封遺書：「大王希望我活著，我則寧肯死去。但願能把我的屍骨，恩賜與韓憑合葬。」

見到遺書，宋康王大怒。他本來以為，韓憑只是一個寒微的下人，自己則貴為國君，地位高低有天壤之別。雖然何氏剛來的時候要死要活的，但隨著時間的過去，錦衣玉食的生活會讓她明白，跟著自己才會享受到幸福。

但他怎麼也沒有想到，何氏至死都在掛念著韓憑。一怒之下，他讓人們分別埋葬他們，兩座墳墓分離相望。宋康王為自己的這個主意而自鳴得意，他說：「你們夫妻相愛不斷絕，如果能將兩座墳墓合在一起，那我就不會再阻攔你們了。」他想透過這樣的方式，使韓憑與何氏的地下亡魂不得安寧。

沒想到，奇蹟真的出現了，在很短的時間內，就有兩棵大梓樹分別從兩個墳頭長出來。僅僅十多天時間，兩棵梓樹便長得有一抱多粗，樹幹彎曲互相靠近，樹根在地下糾結，樹枝在天空交錯。又有兩隻鴛鴦，一雌一雄，總是棲息在樹上，早晚都不離開，依偎著悲哀地鳴叫，其聲音令人十分感動。

宋國人同情韓憑和何氏，於是稱這兩棵樹為「相思樹」。「相思」的說法，就是從這時開始的。在《漢廣》中，阻礙小夥子美夢成真的是他與姑娘之間的巨大差距，而使韓憑夫婦相愛而不能相聚的，則在於宋康王的淫威。但愛情是不會被外力阻擋的，《漢廣》中的小夥子雖知道自己的愛不會有結果，仍無法澆滅愛的火焰，而韓憑夫婦雖然在生前無法抵抗宋康王，死後仍然在一起——無論什麼力量，都無法使相愛的人分開。

維鵲有巢

【名言】

維鵲有巢，維鳩居之。之子于歸，百兩御之。

——《國風・召南・鵲巢》

【要義】

維，助詞，無義。鳩，斑鳩。兩，同「輛」。御，迎接。

名言的意思是：「喜鵲樹上搭好巢，斑鳩當作自己家。這位姑娘要出嫁，百輛馬車迎接她。」

《鵲巢》是一首讚美新娘出嫁，祝願她以後生活安康的詩。所謂「百兩御之」，以百輛馬車迎接新娘，並不是真實的描述，而是一種誇大的說法，以烘托婚禮盛大、熱烈的氣氛。在

古詩中，經常採用這種手法。

詩以斑鳩佔據喜鵲所築的巢這一自然現象起興，象徵新娘離開娘家，組建一個新的家庭。成語「鳩佔鵲巢」即源於此，但其意義已與名言的本意有很大的不同。先民將斑鳩佔據喜鵲的巢視為再自然不過的事，但在現代人眼裡，則多用「鳩佔鵲巢」比喻那些強佔別人辛勞成果的事。

【故事】

北宋年間，河南陳家莊有一戶人家，丈夫名叫陳世美，妻子名叫秦香蓮，他們上有雙親，下有一對兒女，雖然並不富裕，日子卻也過得去。陳世美是個讀書人，自幼飽讀詩書，滿腹經綸，一心想趕考做官，家庭重擔全壓在了秦香蓮的肩上。秦香蓮上敬父母高堂，下撫一雙兒女，把內外上下打理得井井有條。公婆都誇秦香蓮是個好媳婦，陳世美也心喜有一個賢內助，一家人過得和樂融融。

大考之年，陳世美告別雙親、妻兒，到京城趕考。皇天不負苦心人，陳世美考中了狀元。

成為狀元後，陳世美的身分變了，心也變了，尤其是在他被皇上召見之後。皇上見陳世美一表人才，心中很喜歡他，有招他為婿之意。為了當上駙馬爺，陳世美編造了一套謊言，

說自己自幼父母雙亡，一直苦讀詩書，並無婚配。他用這一番謊話，騙過了皇帝，順順當當地做上了駙馬。

住在豪華的駙馬府裡，有成群結隊的童僕丫鬟侍候，有嬌滴滴的金枝玉葉陪伴，吃的是山珍海味，穿的是綾羅綢緞，陳世美過著神仙般的生活，至於父母妻兒，全都被他拋到腦後去了。

陳世美一走，幾年沒有一絲音訊，父母天天想著兒子，兒女經常吵著要父親，秦香蓮也日夜盼望著夫君早日歸來。他們哪裡知道，在陳世美的眼裡，父母早已是死去的亡魂，妻兒也是不存在的幽靈，根本就用不著管他們的死活。河南接連兩年大旱，陳世美的父母相繼去世，秦香蓮安葬好公婆後，聽說陳世美在京城做了大官，再加上家鄉實在過不下去了，便帶著一雙兒女，千里迢迢來到京城。

好不容易來到京城，一打聽，原來陳世美已經當上了駙馬。秦香蓮聞聽此言，心如刀絞，但在京城舉目無親，只能硬著頭皮去投靠陳世美。到了駙馬府前，勢利的門丁見秦香蓮母子一身破衣爛衫，又聽她說駙馬爺是自己的丈夫，便狗眼看人低，認定秦香蓮是冒認官親，又是打又是罵，要趕母子三人走。

恰在此時，陳世美出府辦事，正與秦香蓮碰上。秦香蓮一見陳世美，大喊：「相公！相公！」兒女也一起喊道：「爹爹！爹爹！」聽到妻兒的喊叫，陳世美心中也有一些內疚，但

他立刻想到，如果認下妻兒，一旦讓公主知道，後果將不堪設想，自己現在所享有的富貴、權勢也將煙消雲散。

想到此處，秦香蓮與兒女已經成為他的眼中釘，肉中刺。他氣勢洶洶地大罵門丁道：「你們怎麼讓一個瘋婆子到駙馬府門前搗亂？快給我趕走！」

可憐的秦香蓮只感到天昏地暗，棍棒重重地打在身上，她並不覺得疼，只想一死了之。但看到一對幼小的兒女，她知道自己必須活下去。她想告狀，但有誰敢惹駙馬爺？在秦香蓮走投無路的時候，有一個好心人偷偷地告訴她：「妳有這樣大的冤屈，必須到開封府包青天那裡告狀才行。」

「包青天」就是包拯，他執法如山，不怕丟烏紗帽，硬是頂著國太、公主所製造的天大壓力，將負心欺君的陳世美繩之以法。

陳世美罪有應得，公主在此事中也扮演了不光彩的角色，起初她並不知道真相，但在知道了秦香蓮的冤情後，幫著陳世美掩蓋罪過，其行為同樣是醜惡的。這種鳩佔鵲巢的行為被載入了歷史，幾百年來，一直受到人們的批判。

蔽芾甘棠

【名言】

蔽芾甘棠，勿剪勿伐，召伯所茇。

——《國風・召南・甘棠》

【要義】

蔽芾（芾音ㄈㄟˋ），樹木枝葉繁茂的樣子。甘棠，棠梨樹，又名杜樹，落葉喬木，果實圓而小，味澀可食。

召伯，周文王之子，食采於召（今陝西岐山縣西南），故稱召伯。有德政，曾在甘棠樹下聽政斷獄。茇（音ㄅㄚˊ），「廢」之通假字。廢乃草舍之意，茇字在此詩中的意思是以草作舍，即在草中睡覺。

名言意為：「茂盛濃密甘棠樹，別剪它，別砍它，召伯曾留在樹下。」

《甘棠》共三章，三章意思相近，每章只變換兩個字，一詠三嘆地表達出了作者的感情。使讀者在閱讀此詩時，感情逐步加深，最終達到高潮。此詩所要表現的是召伯的勤政愛民，但對於他的具體愛民事蹟，詩中卻一字也未提及，而是圍繞著召伯曾在其下休息過的一棵甘棠樹抒發情懷。正所謂愛屋及烏，甘棠樹僅僅因為曾為召伯遮風擋雨，便如此受到人們的珍重，那麼，我們可以想見人們對於召伯的感戴是多麼的深厚，而召伯的德政愛民也很自然地得到了反映。

【故事】

張堪是東漢初期人，字君游，生於河南南陽。他從小便品行高潔，以砥礪道德、讀書求知為志向。在他很小的時候，父親便去世了，留下了價值數百萬的家產，張堪將之全部送給了姪兒，自己則到長安苦讀詩書。

張堪成年後，經人推薦，出任郎中一職，後擢升為蜀郡太守。時值大司馬吳漢討伐在成都擁兵自重的公孫述，由於久攻不下，軍糧也所剩無幾，遂起退兵之意。張堪聽說後，快馬加鞭趕到軍中，勸說吳漢不要退兵。他指出，公孫述不得人心，已呈必敗之勢，此時退兵甚為可惜。要想使之速敗，可以利用其驕橫自大的心理，先以弱兵挑戰，待其傾巢出動，再以

士力與之決戰。吳漢採納了張堪的建議，公孫述果然中計，結果大敗，公孫述也被殺死。

張堪進入成都城後，檢閱庫府，收藏珍寶，秋毫無犯，又多方安撫百姓，贏得了成都人民的愛戴。當他去職之日，「乘折轅車，布被囊」，公孫述所積蓄的堆積如山的珍寶一件都沒有帶走。

兩年之後，張堪以驃騎將軍身分出任漁陽太守。在職期間，他打擊奸猾之徒，賞罰有信，使得吏治有序，百姓安樂。張堪還甚有將才。有一次，一萬匈奴騎兵侵犯漁陽，張堪僅率數千之兵，便將來犯之敵打得落花流水。此後，在張堪擔任漁陽太守的八年時間內，匈奴再也不敢有所冒犯。張堪十分重視民生問題。他率領人民在狐奴開闢了八千多畝稻田，使得漁陽人民不必再為溫飽問題而犯愁。

對於張堪所做出的貢獻，漁陽人民感激莫名，他們用歌謠來讚頌張堪：「桑無附枝，麥穗兩歧。張君為政，樂不可支。」意思是說，漁陽地方的桑樹都沒有枯枝敗葉，一棵麥子長出了兩個麥穗。由張堪來打理漁陽的政事，吏民百姓其樂融融。與《甘棠》相比，此歌顯得直白而誇張。桑樹全都沒有枯枝敗葉是有可能的，一棵麥子長出兩個麥穗則顯然不是事實。漁陽人民希望透過這種誇大的方式，來讚美張堪的德政。就此而言，此歌與《甘棠》又是相通的。

誰謂雀無角

【名言】

誰謂雀無角，何以穿我屋？誰謂女無家，何以速我獄？

雖速我獄，室家不足。

——《國風・召南・行露》

【要義】

角，鳥嘴。女，即「汝」。速，招致、引來。室家，娶為妻子。

名言的意思為：「誰說麻雀沒尖嘴，為何啄穿我屋角？誰說你還沒成家，憑什麼讓我進監牢？就算是送我進監牢，要想娶我，還是辦不到！」

透過所選名言，我們已可看出《行露》的主要內容是：一個富家子（也可能是一個有權

有勢的老男子）仗勢欺人，雖然自己已有妻室，卻還想強娶一個貧家女，結果遭到了嚴厲的拒絕。富家子威脅貧家女說，如果不肯順從，就要把她抓進監獄，剛烈的女子則回答說：「就算是把自己投進監獄，也不會答應富家子的無理要求。」

此女子在詩中將富家子比喻為麻雀，在第三章中還將之比作老鼠，表現出了對權貴的蔑視，鮮明地刻畫出一個堅貞的女性形象。

【故事】

隋朝末年，有一個人叫做趙元楷，他的父親在隋朝出任僕射一職，屬於名門望族。趙元楷娶清河崔氏女為妻，兩人過得十分和美。

當時，正值權臣宇文化及造反，將隋煬帝殺死，想自立為君但又無力統一全國，導致天下大亂，生靈塗炭，雖王公貴族之家也不能避免。為了躲避亂兵，趙元楷攜崔氏隨流亡的人群逃到黃河以北，想從那裡回到長安。走到河北省滏口道時，不巧碰上了叛軍。叛軍看到逃難的人群，便立刻衝上來搶奪金錢女眷。趙元楷隻身逃走，他的妻子崔氏則落入叛軍之手。

崔氏相貌很美，叛軍捨不得將她殺死。一個叛軍頭目對她說：「如果妳答應做我的小妾，就可以活命。」剛烈的崔氏不肯苟且偷生，她說：「我是士大夫的女兒，我的丈夫是朝廷僕射的兒子。因為你們的緣故，導致國破家亡，我情願立刻就死，也不會嫁給你這種叛

賊。」崔氏的話惹惱了叛軍，他們上前撕扯她的衣服。崔氏雖奮力抵抗，但怎能敵得過一群如狼似虎的男人，最終被他們將衣服全部撕掉。

叛軍將崔氏捆綁在床上，準備凌辱她。崔氏害怕他們得逞，靈機一動，欺騙他們說：「我現在一點力氣也沒有了，不可能再違抗你們的要求，請你們把繩子解開，我一定聽你們的話。」

叛軍聽信了崔氏的話，就將繩子解開了。崔氏起身穿好衣服。趁叛軍不備，搶過一把佩刀，依樹而立，義正詞嚴地說：「我是死也不會順從你們的。如果誰要尋死的話，就只管上前。」叛軍大怒，但看到崔氏圓睜的怒目和手中的鋼刀，竟無一人敢於近身。於是他們一齊放箭，將崔氏射死了。

趙元楷得知妻子臨死的慘狀，心中十分悲痛。他後來千辛萬苦地找到了殺死崔氏的兇手，為妻子報了仇。

此事見《隋書・趙元楷妻傳》，僅短短數百字，但崔氏的剛烈形象已躍然紙上。《行露》中的女子寧願坐牢也不屈從權貴，崔氏更是為了尊嚴而不惜獻出自己的生命。對於《行露》，我們不必像《毛詩序》那樣與「貞信之教」聯繫起來；對於崔氏，也不必像史官那樣非要將之歸於「婦人之德」，即便她們真的是因為「貞信之教」或「婦人之德」才能那樣無畏。今人重讀《行露》和《趙元楷妻傳》，從中更多感受到的是人的尊嚴和人性的高貴。

羔羊之縫

【名言】

羔羊之縫，素絲五總。委蛇委蛇，退食自公。

——《國風·召南·羔羊》

【要義】

縫，此處是名詞，意為縫成之衣。總，縫。委蛇（委蛇音ㄨㄟ ㄧˊ），搖擺而行，悠閒自得的樣子。退食自公，退朝回家吃飯。係「自公退食」的倒裝形式。

名言的意思為：「身穿羔羊皮襖，白絲交互縫造。步履自在悠閒，退朝回家進餐。」

《羔羊》是一首讚美官員們清正廉潔的詩，官員們因為無愧於心，所以能夠悠閒自得。

「委蛇委蛇」一句最為傳神，它說明了兩件事情：官員們無車、無馬步行回家，可見多麼廉

潔；步履安閒自在，顯示因無私而心態平靜。詩人由外在而寫內心，視點細微而內蘊豐富，文筆生動形象，只「委蛇委蛇」四字，而意境全出。

對於此詩，今人藍菊蓀等有不同的解釋。他們認為，此詩是在用反諷筆法嘲笑統治者，可備一說。

【故事】

司馬光（一〇一九—一〇八六年），字君實，北宋時人。二十歲中進士，因為政績卓著，很快便從地方被提拔到中央任職，宋哲宗時曾任宰相。

司馬光童年時砸破水缸救兒童的故事家喻戶曉，但對其官宦生涯，因為他曾反對王安石變法，近代歷史學家對之評價並不高。實際上，若是單就其官德看，司馬光的確當得起「清正廉潔」這四個字。他舉薦忠良，抨擊奸邪，為官一清如水，令名播於朝野。對於清官王曾、張知白、魯宗道等人，他大力舉薦；而對於貪官，他則勇於揭露，絲毫不怕他們的打擊報復。他曾上書彈劾濫用職權欺壓良善的任守忠，揭露他「金帛珍玩，溢於私家，第宅產業，甲於京師」，使得任守忠終被降職，令天下人心大快。

司馬光很能體恤民苦。有一年，許州（今河南許昌）發生大災荒，民不聊生。司馬光立即奏請皇帝發糧賑災，並草擬賑災文書，令各州縣馬上開倉放糧。他擔心地方官員執行號令

不力，藉賑災之機大發國難財，又派專人下去視察，對於賑災有功之人予以重賞，貪贓舞弊之人則嚴懲不貸。由於他採取措施得力，使災區人民得到了很好的安置。

司馬光的廉潔是一般人所難以想像的。他擔任高官幾十年，卻僅有薄田三頃。除俸祿外，司馬光分文不取，即便是皇帝的賞賜，他也力辭不受，因為在他看來，這同樣是非分之物。實在推辭不掉，司馬光便將其充為諫院公使錢，或是用來接濟生活困難的親戚朋友。司馬光的妻子死後，因為家中沒有餘財，只得賣田葬妻。但對於那些有困難的人，司馬光則大力相助。龐籍死後，留下孤兒寡母，生活十分艱難。司馬光不顧自己家中也很窘迫，將他們接到家中，待如親人。

司馬光生活十分儉樸。曾有朋友看他年老體弱，想用五十萬錢買一個傭人送給他，司馬光立即回信謝絕道：「吾幾十年來，食不敢常有肉，衣不敢有純帛，多穿麻葛粗布，何敢以五十萬市一婢乎？」

當他因與王安石政見不合而被排擠出京城時，一起被貶官的人建造的新房子大都富麗堂皇，司馬光則只能居住在草舍中。草舍太破了，冬天冷得像冰窖，夏天熱得像蒸籠。無可奈何之下，司馬光只得在家中挖了一丈多深的地洞，以躲避寒暑。與司馬光形成鮮明對比的是工宣徽，他所建造的樓台高聳入雲。因此，當時流行著這樣一句諺語：「王家鑽天，司馬入地。」

貪官們巧取豪奪，除了滿足自己的奢侈生活外，還有一個很重要的原因：為兒孫謀。司馬光則不然，他不僅自己力求儉樸，還告誡兒子遠離驕奢淫逸。當時的一位清官張文節說過這樣一句話：「由儉入奢易，由奢入儉難。」司馬光對此語大為讚賞，將之寫入誡子書中。他還提醒兒子說：「言有德者皆由儉來也。夫儉則寡欲。君子寡欲則不役於物，可以直道而行；小人寡欲則能謹身節用，遠罪豐家。」反之，「侈則多欲。君子多欲則貪慕富貴，枉道速禍；小人多欲則多求妄用，敗家喪身。」

在司馬光的言傳身教之下，他的兒子司馬康雖位居高官，同樣以清廉著稱於世。像司馬光這樣的清官，雖然不能像王宣徽等貪官那樣輕裘肥馬，但心態一定是十分平和的，「委蛇委蛇，退食自公」正是對他的絕佳寫照。

我心匪石

【名言】

我心匪石，不可轉也。我心匪席，不可卷也。威儀棣棣，不可選也。

——《國風‧邶風‧柏舟》

【要義】

匪，同「非」，威儀。《左傳》：「有威而可畏謂之威；有儀而可象謂之儀。」在此有「尊嚴」之意。棣棣，悠閒莊重的樣子。選，同「巽」，屈撓退讓之意。

名言意為：「我的心不是石塊，不能任人東挪西搬。我的心不是席子，不能任人擺佈收捲。我有自己的榮譽尊嚴，怎能任人欺侮作踐。」

《柏舟》描寫一個女子受到眾人的欺侮嘲笑，仍力圖保持自己的尊嚴。詩歌起首寫道，正

像一隻小舟在河流中漂來盪去沒有方向，詩人心緒如麻夜不能眠，之所以如此，是因為她遭受到莫大的壓力。詩人向自己的兄弟求助，但她的兄弟怕惹火燒身，竟然不敢幫助她。於是，所有的一切，都只能由一個弱女子自己承擔。在如此境遇下，詩人顯示出了血性：對於欺凌我無法抵擋，但仍然保持著自己的人格尊嚴，不會像石塊和席子那樣任你擺佈。從這樣堅定的詩句中，我們可以看到詩人頑強不屈的性格。

【故事】

嚴蕊，字幼芳，南宋時人。因為某些不可抗拒的原因，淪落風塵。但她雖陷身青樓，卻不同於一般的倚檻賣笑之人，連人格也一同出賣，仍能保持風骨，令人不敢輕賤。

嚴蕊詩才敏捷，尤善作詞。在一次七夕宴會上，有豪士謝士卿命她即席成詞，且以己姓為韻。酒方行，嚴蕊〈鵲橋仙〉詞已成：

碧梧初出，桂花才吐，池上水花微謝。
穿針人在合歡樓，正月露玉盤高瀉。
蛛忙雀懶，耕慵織倦，空作今古佳話。
人間剛到隔年期，怕天上方才隔夜。

謝士卿大為欽佩，留居其家中半年，傾囊贈之而去。

嚴蕊後為台州營妓。太守唐仲友是一位學者，很愛才。他看嚴蕊風度氣質都不同於一般妓女，並且善作詞，對她很賞識。他曾令嚴蕊以「紅白桃花」為題，賦詞一首，嚴蕊應命而成〈如夢令〉：

道是桃花不是，道是杏花不是，
白白與紅紅，別是東風情味。
曾記，曾記，人在武陵微醉。

語句清新可人，又兼下筆敏捷，很得唐仲友喜愛。兩人身分雖判若雲泥，但彼此竟有惺惺相惜之意。每到宴請賓客時，唐仲友都要嚴蕊作陪，嚴蕊風度翩翩，談吐不俗，或彈琴，或賦詩，總是不會令他失望。

後來，南宋著名的大學者朱熹提舉浙東。朱熹的道德文章令人稱頌，但在面對唐仲友時，竟也動了不可告人的心思。朱熹與唐仲友有私怨，一直想整治他一下，但苦於找不到機會。這一次，他見唐仲友與嚴蕊關係很好，感到機會來了。南宋時名教盛行，對於官員的束縛很多，不准官員與營妓有苟且之事。或許朱熹真的認為唐仲友與營妓嚴蕊為濫，也有可能他只是要找一個藉口，總之，嚴蕊成了犧牲品。

朱熹將嚴蕊捉去，嚴刑拷打，要她承認與唐仲友有不正當的關係，被嚴蕊嚴詞拒絕。朱熹將嚴蕊一直關了兩個月，期間拷打不斷，但是，嚴蕊一直都不肯出賣良心，誣害自己的朋友。

朱熹任滿離職，繼任者岳商卿得知此事，便提審嚴蕊。他見嚴蕊 介弱女子，已被折磨得花容慘澹，卻仍不肯出賣友人，對她又是憐憫，又是敬佩。他早知嚴蕊有詩才，便命她填詞陳情，嚴蕊當堂賦〈卜算子〉一首：

不是愛風塵，似被前緣誤。
花落花開自有時，總賴東君主。
去也終須去，住也如何住？
若得山花插滿頭，莫問奴歸處。

在這首詞中，嚴蕊表明自己之所以淪落風塵，並不是因為喜歡這 行當，而是出於命運的捉弄，身不由己。現在，命運對自己更加嚴苛，自己完全無能為力，只能聽從「東君主」（代指岳商卿）的安排。如果對未來有什麼期望的話，那就是「山花插滿頭」，意思是自己早已厭倦了營妓生涯，希望能夠從良。岳商卿看到此詞後，立刻遂其心願。

嚴蕊的身分很卑賤，淪落到社會最底層，她也與《柏舟》中的那個女子一樣，無端地受

到指責、欺侮。但她在面對權貴的欺壓時，能夠像《柏舟》的作者一樣「威儀棣棣」，不肯出賣良知，喪失人格的尊嚴。嚴蕊以自己的人格贏得了岳商卿的同情，在近千年之後，仍能獲得後人的尊敬。

憂心悄悄

【名言】

憂心悄悄，慍於群小。覯閔既多，受侮不少。

——《國風・邶風・柏舟》

【要義】

悄悄，憂愁。慍，得罪。群小，許多小人。

覯，通「遘」，遭遇之意。閔，病痛、憂患，在此指傷心受氣之事。

名言的意思為：「愁腸百結苦煎熬，得罪群小受不了。遭災遭禍真是多，所受欺侮也不少。」

名言所描寫的是一種因小人的背後中傷而如芒刺在背的人生體驗，盡量不要招惹小人，

一旦得罪了他們，他們就會顛倒黑白地對你加以攻擊，使你一刻也不得安寧，甚至無法表明自己的清白。對於這樣的一種人生體驗，詩人表達得生動而形象，令人一讀而了然於心。

【故事】

楊繼盛，字仲芳，明朝人。嘉靖二十六年登進士，授南京吏部主事，後遷為兵部武選司。楊繼盛性情剛毅，忠直敢言，為此而經常得罪一些當權派。當朝權貴中，最讓他痛恨的就是禍國殃民的宰相嚴嵩。出任武選司剛一個月，他便不顧危險，上奏疏彈劾嚴嵩。疏中曰：「臣孤直罪臣，蒙天地恩，超擢不次。夙夜祗懼，思圖報稱，蓋未有急於請誅賊臣者也。方今外賊唯俺答，內賊唯嚴嵩，未有內賊不去，而可除外賊者。……請以嵩十大罪為陛下陳之……」在奏疏中，楊繼盛還希望明世宗召見裕王、景王問個明白。

得知奏疏的內容後，嚴嵩十分驚慌，立刻在世宗皇帝面

前挑撥離間，使得世宗對楊繼盛十分生氣，將之逮捕入獄，責問他為什麼要召問二王。楊繼盛回答說：「除了二王之外，還有誰不懾於嚴嵩的權勢呢？」此言十分有理，但楊繼盛依然被杖打一百。在受杖打之前，有人送蟒蛇膽給他，據說這樣可以減輕痛苦，楊繼盛堅辭不受。他說：「我自己有膽，要蛇膽做什麼！」

杖打之後再投進監獄，肌肉都腐爛了。半夜，楊繼盛痛醒過來，將瓷碗摔破，親手用瓷片刮去腐肉。腐肉刮乾淨了，肉筋又和皮膜絞在一起，他又用手截斷扯去。在旁邊為他掌燈的獄卒見此情景，肝膽俱裂，楊繼盛則神態自若，其堅忍如此。

世宗下詔令，讓刑部判案定罪。刑部侍郎王學益是嚴嵩的黨羽，他受了嚴嵩的囑託，想以詐傳親王令旨的罪名判楊繼盛死刑。郎中史朝賓十分同情楊繼盛，堅決抵制王學益的無理判罰。嚴嵩大怒，將史朝賓貶出朝廷。有此前車之鑑，刑部尚書何鰲不敢抵抗，按嚴嵩的意思給楊繼盛定了案。幸

虧此時世宗還沒有殺死楊繼盛的意思，他才暫時得免一死。

楊繼盛在獄中被關了三年。在此期間，不斷有人想營救這位國家棟樑。看到這種情況，嚴嵩之流又開始擔心起來。嚴嵩的黨羽故植、鄢（音ㄢ）懋卿等提醒嚴嵩說：「您沒見過養虎的人嗎？他們終將給自己留下禍患。」

嚴嵩自然明白他們的意思，下定了殺害楊繼盛的決心。恰在此時，都御史張經、李天寵被判死刑，嚴嵩揣摩世宗之意，是一定要殺死張、李兩人，便將楊繼盛的名字附在張經、李天寵之後一起上奏，得到了世宗的批准。楊繼盛的妻子得知此事，上書為丈夫申冤，並表示願代夫死，嚴嵩將上書扣了下來。

嘉靖三十四年（一五五五年）十月初一，楊繼盛在北京西市街口被斬首，並曝屍街頭，死時年僅四十歲。臨刑之時，楊繼盛毫無懼色，慷慨賦詩道：「浩氣還太虛，丹心照千古。生平未報恩，留作忠魂補。」

楊繼盛的死，最直接的原因就是他「慍於群小」，不見容於嚴嵩之流。但嚴嵩等人雖能得逞於一時，卻將被永遠地釘在歷史的恥辱柱上，而楊繼盛則的確做到了「浩氣還太虛，丹心照千古」。他的事蹟，在幾百年後的今天讀來，仍令人感動不已。

凱風自南

【名言】

凱風自南，吹彼棘心。棘心夭夭，母氏劬勞。

——《國風．邶風．凱風》

【要義】

凱風，和風。

棘心，棘即酸棗，心指芽心。馬瑞辰《通釋》：「蓋棗棘初生，皆先見尖刺，尖刺即心，心即纖小之意。」一說「棘心」即「棘薪」，因古代往往以薪喻婦女，本詩乃以薪喻母。

夭夭，樹枝彎曲之狀。劬（劬音ㄑㄩˊ）勞，操勞。

名言意為：「和風徐徐自南方，吹得棗樹漸成長。棗樹鬱郁真可愛，只是辛苦我親娘。」

詩人將母親比作和煦的南風，將自己比作備受撫愛的小棗樹。在母親無微不至的呵護下，自己漸漸長大，母親卻已經老了。作者因而發出慨嘆，並深深的自責：「有子七人，母氏勞苦」，「有子七人，莫慰母心」，認為母親操勞一生，撫養兄弟七人長大，子女們卻無法撫慰母親那顆飽經滄桑的心。此詩以自責的口吻寫出，認為自己沒有好好地回報母親，但這更表明了作者的孝心。

有人認為，此詩寫的是七子看到母親十分辛苦，但卻時時受到父親的虐待，心中為母親感到不平，但又不敢與父親直接頂撞，故作此詩，名為慰勞母親，實際上是勸諫父親。此義亦通，可備一說。

【故事】

潘安仁是晉代有名的大文學家，同時還是一位大孝子。他自幼喪父，全靠母親費盡千辛萬苦將他拉拔長大。不管生活有多苦，母親都不肯叫他輟學，潘安仁也很為母親爭氣，在同學當中，他一直是佼佼者。後來，因為品學兼優，他被推薦為河陽（今河南孟縣）縣令。潘安仁不願意將母親一個人扔在家中，就請人護送著母親一起到河陽赴任。

為了能讓母親安度晚年，潘安仁想盡了各種方法。他知道母親喜歡花果菜蔬，就叫人在縣衙外開闢了一塊荒地，親手種植了幾十株果樹和上百種花卉。每到春天，果樹上就開滿了花朵，花圃裡也是五彩繽紛，爭奇鬥豔，以至於人們把河陽縣稱為「花縣」。閒暇之時，潘安仁總是會陪母親到花圃中散步，使老人家能夠過得開心一些。

故土難離，雖然在河陽的生活比以前要好得多，但時間長了，潘安仁的母親還是不時地思念家鄉，想念以前的老街坊，並且思鄉病愈來愈重，幾乎到了茶飯不思的地步。為了緩解母親的思鄉之情，潘安仁特意從家鄉請來了幾位老鄉親陪母親聊天。鄉親在的時候，母親總是很高興，但當鄉親們走後，母親便再次陷入苦悶之中。看到這種情況，潘安仁十分焦急。鄉親們只能在農閒時到河陽縣衙來，一到農忙，就必須回家。這樣，在大部分時間裡，沒有鄉親陪的母親便只能獨自想家。

潘安仁知道，對於母親來說，錦衣玉食是沒有多大意義的，開心與否更為重要。於是，他毅然決定辭官回家。儘管有許多人前來挽留，他還是義無反顧地踏上歸程。

潘安仁是一個很廉潔的人，為官兩年，並沒有存下多少積蓄。回到家鄉之後，為了讓母親生活得好一點，潘安仁不辭辛勞地做起了很重的粗活。他在房屋東邊開闢出一塊很大的菜園，種上了各種蔬菜。他每天親自挑水澆灌，拔草施肥。菜長成後，潘安仁便挑到集市上賣掉，所得主要用在母親身上，讓母親吃飽穿暖，自己破衣粗食卻毫不介意。母親以前受過很

多苦，身體一直不好，潘安仁便又養了一群奶羊，每天都能擠一桶羊奶，除了給母親補充營養外，剩下的還可以賣掉補貼家用。

由於潘安仁的辛勤勞動，日子漸漸好了起來，他的母親也生活得快樂安康，一直活到近八十歲才去世。潘安仁時刻不忘母親的養育之恩，在自己成年之後，能夠反哺母親。更為難得的是，他不只是讓母親吃飽穿暖，還能夠注意到母親的心情變化，使母親始終快樂。像潘安仁這樣的人，稱得上是真正的孝子，他的孝行，值得今人好好地學習。

毖彼泉水

【名言】

毖彼泉水，亦流於淇。有懷於衛，靡日不思。

——《國風‧邶風‧泉水》

【要義】

毖（毖音ㄅㄧˋ），泉水湧流之貌。淇，淇河。靡，沒有。

名言的意思是：「清清泉水泛碧波，晝夜不停奔淇河。思念衛國我故鄉，沒有一天不懷想。」

《泉水》描寫一衛國女子嫁到外地，婚姻很不如意，因而想要回到衛國的娘家。詩歌以泉水噴湧、流向淇河起興，給讀者一種淇河是泉水之永久歸宿的感覺，這樣便很自然地引出了

思念祖國、思念家鄉的主題。詩人心中煩悶，可以講給要好的姊妹們聽，以此緩解自己的思鄉之情。但是，她怎樣也無法忘記家鄉。百無聊賴之中，她想起了自己出嫁時的情景。當時，她雖然對父母親人和故鄉故土戀戀不捨，但這種感情在一定程度上被對未來生活的嚮往沖淡了，而現在要想回家看一看是那麼的難。婆家與故鄉相隔很遠，但在詩人看來，再遠的距離她也不在乎，這表現出了其思鄉之情的迫切。但想像終歸只是想像，她的願望很難實現，便只能駕車出遊，以此來宣洩憂愁。

關於《泉水》，還有一種解釋：衛宣公之女許穆夫人懷念親人、思慕祖國，於是寫了這首詩，來寄託心中的憂思。

【故事】

西漢時，匈奴為患甚烈，漢武帝舉全國之力與之對抗，也只能取得階段性的勝利，而不能畢其功於一役，北部邊患一直未能消除。地節二年（前六八年）以後，匈奴起了內亂，五個單于爭霸，雖然最後由呼韓邪單于統一，但畢竟元氣大傷，無力再侵犯中原。並且，在平亂的過程中，呼韓邪單于曾得到過漢王朝的幫助，也有意與漢修好。元帝時，呼韓邪單于來朝，並求漢朝賜妻。

其時有齊國王穰之女王嬙，字昭君，年十七歲，姿容絕代。許多人都向王穰求婚，但王

穰都看不上，於是將昭君獻給元帝。元帝後宮妃嬪很多，不能夠每個人都見到，便命令宮廷畫師毛延壽給她們畫像，按圖如幸。宮女們都用金錢賄賂毛延壽，希望他能將自己畫得美一些，從而得到元帝的寵幸。只有王昭君自恃自己長得美，不肯行賄，結果被畫得十分醜陋。正在王昭君感到忿忿不平之時，呼韓邪單于來求美人，元帝下詔以宮女五人賜之。王昭君主動請行，入選五人之列。

臨別之時，元帝親自送行，才發現王昭君是一個傾國傾城的美人，十分後悔，但又不能失信，只能眼睜睜地看著昭君懷抱琵琶，上馬出關而去。

王昭君之所以主動請求出嫁匈奴，不過是出於一時氣憤，到達匈奴之後，很快便後悔了。塞外氣候惡劣，飲食也很不習慣，再加上語言不通，使她感到各方面都很難適應。思鄉情切之時，她也只有將哀愁寫進詩歌之中：

秋木萋萋，其葉萎黃。有鳥處山，集於苞桑。
養育毛羽，形容生光。既得升雲，上游曲房。
離宮絕曠，身體摧殘。志念抑沉，不得頡頏。
雖得委食，心有回徨。我獨伊何，來往變常。
翩翩之燕，遠集西羌。高山峨峨，河水泱泱。

父兮母兮，道里悠長。嗚呼哀哉，憂心惻傷。

她還在給元帝的信中說：「獨惜國家黜陟，移於賤工，南望漢闕，徒增愴結耳！」從她的詩歌與信件中，都可以看出其思鄉之情是多麼的強烈。

元帝接到昭君的信後，大為惋惜，將畫工毛延壽斬首問罪。但不管怎樣，王昭君重回故鄉的願望是無法實現了。

呼韓邪單于死後，王昭君上書請回，漢成帝為了維持與匈奴的關係，命她遵從匈奴的風俗，再嫁於前單于子雕陶莫臯立，一直到死去，她也沒能回到故鄉。

對於每一個人來說，只有生於斯、長於斯的祖國才能給自己真正的歸屬感，久居故園之人可能對此感受不深，飄零在異國他鄉的人對此則有深切的體會。像《泉水》中的那個女子一樣，王昭君對故鄉也是「靡日不思」，當她彌留之際，肯定會後悔當時因一時衝動而做出的決定吧。

靜女其姝

【名言】

靜女其姝，俟我於城隅。愛而不見，搔首踟躕。

——《國風・邶風・靜女》

【要義】

靜女，淑女、文靜美麗的少女。姝，美麗。城隅，城上的角樓。愛，隱藏。見，出現。踟躕（音ㄔˊ ㄔㄨˊ），徘徊。

名言的意思是：「那個姑娘溫柔娟美，城上角樓等我幽會。故意逗人藏了起來，害我不停搔首徘徊。」

一對青年男女約好在幽靜的角樓裡相會，姑娘故意躲了起來，害得小夥子焦急不安，到

處尋找。短短幾個字，便刻畫出了姑娘的狡黠聰明；透過小夥子抓耳撓腮、焦急萬分的舉動，也顯出了他對姑娘深深的愛。姑娘送給小夥子一束白茅，被他視為珍寶。小夥子知道，白茅是很普通的禮物，但因為是姑娘所送，所以在他心中顯得美妙無比。

所選名言活靈活現地表現出了青年男女率直熱烈的愛情，對人物音容笑貌的刻畫也是栩栩如生，很有藝術感染力。

【故事】

韓壽，字德真，晉時南陽郡堵陽縣人，出生於貴族世家，是曹魏時司徒韓暨的曾孫。韓壽長得英俊瀟灑，並且很有風度，深得司空賈充的賞識，被徵召為司空府的屬官。

賈充有一個小女兒，名叫賈午，性格伶俐活潑。賈充每次宴請賓客僚屬時，她都趴在屏風後面偷看。她看到韓壽一表人才並且氣度不凡，便暗暗喜歡上了他。賈午問身邊的婢女有沒有人認識此人，恰好，有一個婢女以前服侍過韓壽，便將他的一些情況告訴了賈午。經過婢女的介紹，賈午對韓壽愛得更加熱烈，以至於醒著時思慕他，夢中也念著他。婢女看到賈午如此癡心，便徑直來到韓壽的家中，告訴他賈午對他是多麼的愛慕，並且還告訴韓壽，自己的小姐是多麼美麗多麼可愛。韓壽聽後，大受感動，雖未見過賈午，對她已很傾心。他讓婢女轉告賈午，自己也很喜歡她。

婢女回來後，將韓壽的話告訴了賈午，賈午聞言大喜。但是，在那個年代裡，私訂終身是不被允許的，大戶人家的女子如果這麼做，更被視為大逆不道。賈午知道，如果她將與韓壽之間的感情告訴父親，將會受到嚴厲的懲罰，這段感情也可能就此結束，於是她做出了當時一般女子難以做出的決定。她讓婢女通知韓壽，讓他晚上到賈府與自己私會，韓壽立刻欣然前往。賈府院牆很高，但韓壽身手矯健，異於常人，竟然輕易地翻牆而入，賈家之人全不知曉。

賈午的父親賈充是一個很細心的人，他發現女兒的神情體態與往日大不相同，便產生了懷疑，但並不知道原因何在。洩露韓壽與賈午之私情的是一種奇香。這種奇香是由西域向晉廷朝貢的，塗在身上香氣能夠保持一個月而不消退。皇上覺得這種奇香很寶貴，只賜給了朝廷重臣賈充及大司馬陳騫兩人。賈午十分喜歡這種香，便從父親那裡偷了一些送給戀人韓壽，韓壽便將之塗在自己身上。等到賈充再次宴請僚屬的時候，聞到了韓壽身上發出的香氣，立刻便明白，韓壽與自己的女兒有了私情。

賈充很奇怪，自己家的門窗院牆都毫無破損，賈午又一直待在深閨，怎麼可能與韓壽發生私情？他想察知此事，又怕被別人知道，於自己和賈午的名聲有損，於是便心生一計。在晚上的時候，賈充故意裝出一副驚慌失措的樣子，聲言家中來了盜賊，讓家丁順院牆仔細搜查。家丁搜查後，告訴賈充說：「沒有什麼可疑的地方，只是院牆東北角有一些摩擦的痕

跡，好像是狐狸走過一樣。」

賈充聞言，明白了一切。他知道，賈午平日大門不出二門不邁，要想與韓壽聯繫，必須借助於婢女丫鬟們的幫助。於是，他便在私下裡盤問女兒身邊的婢女丫鬟們，她們不敢隱瞞，將事情的前後過程原原本本地告訴了賈充。賈充得知詳情後，並沒有懲罰韓壽，而是將女兒嫁給了他。

此事見《晉書．賈謐傳》。這是一則喜劇般的少女自擇夫婿的愛情故事，並擁有花好月圓的結局。賈午對愛情的執著、大膽令人欽佩，賈充的開通明理也令人欣賞。

在古代，青年男女私下相會是不合禮法的，因此，像韓壽與賈午以及《靜女》中的那對青年男女的行為都是不見容於社會主流的。但真正的愛情很難被外力阻擋，韓壽與賈午的行為在一定程度上是對桎梏人性的封建禮法的反抗，而《靜女》則可被視為一曲美好愛情的讚歌。

新台有泚

【名言】

新台有泚，河水瀰瀰。燕婉之求，籧篨不鮮。

——《國風・邶風・新台》

【要義】

新台，新樓台。泚（音ㄘˇ），鮮明，形容新樓台雕飾華麗。

燕，安。婉，順。燕婉即夫婦和好之意。

籧篨（籧篨音ㄑㄩˊ ㄔㄨˊ），雞胸。籧篨本指竹席，特指狹長而用來圍成糧囤的席子，本詩中引申為糧囤，形容衛宣公矮胖、雞胸、龜背的醜態。一說籧篨即癩蛤蟆。

名言的意思是：「新建的樓台燦爛輝煌，旁邊的淇河一片汪洋。原以為新郎會是英俊少

年，誰想到竟嫁給駝背老漢。」

《新台》是關於新台醜聞的，諷刺強佔兒媳的衛宣公。名言起首描述了為迎娶新娘而建的新樓台是多麼的漂亮，周圍的環境十分優美，將要出嫁的新娘子對於未來的生活滿懷憧憬，給詩歌定下了美好和諧的基調，最後一句則與之形成了鮮明的對比，新郎被換成為相貌醜陋的老年人，巨大的落差使得人們對這樁極不般配的婚姻的製造者衛宣公充滿厭惡。

【故事】

新台醜聞發生於周桓王十九年（前七〇一年），故事的主角是衛宣公衛晉。未做國君之前，衛晉便做過許多違背人倫的事，他與自己的庶母私通，生下了一個兒子，取名為「急子」，意思是急急而來、未曾預料的兒子。這樣的事自然不能讓別人知道，於是他便將急子寄養在民間。等衛晉當上衛國的君主之後，自然沒有人敢對此事說三道四，而此時的衛晉已毫不在意天下人會怎麼看，就把此事公開了，並將急子立為太子。

急子成年後，衛宣公見他已到適婚年齡，聽說齊國國君的女兒宣姜長得很美，便派遣使臣去齊國為急子求婚。齊國國君同意了這門婚事，使臣回來向衛宣公報喜。

衛宣公問使臣，宣姜是否真的像傳說中那樣美，使臣便將宣姜的美貌大大誇讚了一番。誰知聽了使臣的話後，荒唐的衛宣公竟動了歪心思——他捨不得將那麼美的宣姜嫁給急子，

而要自己娶她，雖然與宣姜訂婚的是自己的兒子。他在淇水旁邊建了一座十分豪華的宮殿，取名「新台」，作為迎娶宣姜之所，然後打發急子出使宋國。

急子一走，衛宣公便到齊國迎親，將宣姜直接迎到新台。宣姜本來以為自己將嫁的是年輕的急子，誰想到娶自己的卻是老邁的衛宣公，自然是十分傷心失望，《新台》一詩即記載了她當時的心情。不過，既然事情已無法改變，她便逆來順受，與衛宣公生活在一起，並生了兩個兒子：衛壽、衛朔。

急子出使宋國回來後，未婚妻宣姜已經成了自己的庶母。他當時的心情及言行舉止史書沒有記載，但我們可以想像得到。懾於衛宣公的淫威，急子肯定會忍氣吞聲。但奪妻之恨很難消除，有可能是他在事隔多年之後，一不小心表露出了自己的憤怒，傳到了衛宣公的耳朵裡，以致招來了殺身之禍。也有人猜測說，衛宣公之所以對急子下手，是因為宣姜吹了枕邊風，她想要自己的親生兒子衛壽或衛朔得到急子的太子之位。真正的原因現在已無法弄清，但不管怎樣，衛宣公的狠毒還是讓人瞠目結舌：他在無恥地強佔兒媳之後，又對兒子動了殺機。

急子貴為太子，若在衛國境內殺死他，很難做到不洩露真相，恰好此時齊國攻擊紀國，要求衛國協同作戰，衛宣公便命令急子前往齊國約定會師地點。在急子出發之前，衛宣公早已派出了殺手中途埋伏。按當時的慣例，封國使者的座駕、船隻上要懸掛白色牛尾，所以衛

宣公囑咐殺手道：「只要看見懸掛白色牛尾的船隻，就立即動手。得手之後，憑牛尾領賞。」

衛宣公的虎狼之心被他與宣姜的大兒子衛壽得知，他立即將這一消息通知了兄長衛急了，勸他逃走。急子不相信自己的親生父親會狠毒到這種地步，不肯聽從衛壽的勸告。不得已，衛壽藉為急子餞行之機，將他灌醉，留下了一張紙條：「我已代你前往，請快逃命。」然後將白色牛尾插在自己的船頭出發，結果被衛宣公的伏兵誤認作急子給殺死了。衛急子酒醒之後，看到了紙條，立即去追趕衛壽，但當他趕到時，衛壽已經被殺。急子大哭，痛罵兇手說：「你們要殺的人本來是我，為什麼卻將我弟弟殺死？」結果，他也斃命於伏兵的刀下。

《新台》一詩揭露了衛宣公強佔兒媳的醜行，諷刺他寡廉鮮恥。之後，他又導演了一齣殘害親生兒子的人間悲劇，可以說已毫無人性可言，封建統治階層的腐朽在他身上得到了充分的體現。

牆有茨

【名言】

牆有茨，不可埽也。中冓之言，不可道也。所可道也，言之醜也。

——《國風・鄘風・牆有茨》

【要義】

茨，蒺藜，一年生草本植物，果實有刺。埽，同「掃」，掃除。中冓（冓音ㄍㄡˋ），室內謂之內冓，在此詩中「中冓」指深宮。

名言的意思是：「牆頭長滿蒺藜草，根兒深深沒法掃。後宮之事實在醜，讓人無法說出口。要是人們說出口，髒得教人要作嘔。」

《牆有茨》是一首諷刺詩，衛國宮廷淫亂，人們作這首詩予以諷刺。詩歌將宮廷之事比作

令人厭惡的蒺藜，用「不可埽」來形容醜事之多。但對於那些令人作嘔的事，詩中卻沒有提及，而是用「不可道」、「不可詳」、「不可讀」做出暗示，使讀者對統治者的醜行了然於心。此詩共三章，每章只變換四字，回環往復地嘲笑行為不端者。

【故事】

泰始元年（二六五年），曹魏宰相司馬昭去世，他的兒子司馬炎立即命令曹魏的最後一任皇帝曹奐將皇位讓給自己，並改國號為「晉」。

司馬炎雖然是晉王朝名義上的開國皇帝，但實際上，江山完全是在其祖父司馬懿及父親司馬昭手中打下來的，他自己是一個徹頭徹尾的酒囊飯袋，不僅毫無才能，並且驕奢淫逸，無所不用其極。他皇宮中的姬妾多到一萬餘人，以至於他每天都發愁，不知到哪裡睡覺好。於是，司馬炎便乘坐羊車，一任羊之所之。羊車停在哪裡，他便宿在哪裡。因為羊喜歡吃鹽，聰明的姬妾便用鹽水灑到竹葉上，引羊駐足，從而得到司馬炎的寵幸。

永熙元年（二九〇年），司馬炎的嫡子司馬衷繼位。司馬衷近乎是一個白癡，荒唐更勝其父。他在歷史上留下了幾段「名言」，聽見青蛙叫，便問身邊之人：「青蛙為什麼叫？是為公還是為私？」身邊人瞠目結舌，只得搪塞他道：「在公田中則為公，在私田中則為私。」

聽說有人餓死，司馬衷也感到很奇怪：「人怎麼會餓死？」手下人回答說：「因為他們沒有糧食。」司馬衷說：「既然沒有糧食，他們為什麼不吃肉粥？」

有這樣一位荒唐皇帝，晉朝的滅亡是早晚的事。

更可怕的是，皇后賈南風胡作非為，令晉王朝雪上加霜。賈南風性情暴劣，在成為皇后之前，便曾親手打死了幾個人。有一次，她竟用長戟刺向司馬衷懷孕的小妾，致使其流產。司馬炎大為震怒，打算廢掉她另立太子妃，有人調解道：「賈妃年輕，況且妒忌是女人之常情，長大之後這種毛病自然就會改掉。」區區幾句話，竟然令司馬炎改變了主意，未對賈南風做出處罰。

司馬衷繼位之後，賈南風被冊立為皇后。因為司馬衷軟弱無能，她便更加無法無天。賈南風風流成性，竟與太醫令程據私通，並從民間搜尋俊男供自己享樂。洛陽城南盜尉部有一個小衙役，長得眉清目秀。就是這麼一個供人使喚的小衙役，有一天卻忽然穿上了十分華麗的衣裳。人們都懷疑他是偷來的，他為自己辯解說：「有一次我在街上行走，碰到一個老婦，說家中有人需要我幫忙，我便上車隨她去了，後來我被裝在一個大箱子裡，抬到一處很華麗的所在。我問這是什麼地方，她們告訴我說是在天上。這時我看到一個三十五、六歲的婦人，個子不高，皮膚青黑，眉間有顆痣。我被留在那裡好幾個晚上，臨走時，她們送給了我這些東西。」人們聽後，都知道那個婦人就是皇后賈南風。

賈南風喜歡干涉朝政，以皇帝名義發出的詔書，實際上大多是出自她之手，只不過是由司馬衷照抄一遍而已。她干涉政治的企圖，曾受到過宰相楊駿的阻止。賈南風便與親王司馬瑋合作，下詔宣稱楊駿謀反，由司馬瑋帶兵討伐。此次政變，僅洛陽一城，死於屠滅三族的就達數千人。楊駿死後，他的位置由親王司馬亮接替，賈南風又如法炮製，用同樣的名義殺掉了司馬亮。

在賈南風的淫威下，眾親王人人自危，聯合起來發動政變，這就是歷史上有名的「八王之亂」。這次事變時間長，死亡人數眾多，對晉王朝的根基形成了極大的動搖。而賈南風也最終被叛亂的親王司馬倫抓住，被灌下滿是金屑的酒而死。

賈南風的醜行，的確稱得上是「罄竹難書」，她被殘忍的司馬倫殺死，是所有無道統治者應有的下場。

相鼠有皮

【名言】

相鼠有皮，人而無儀。人而無儀，不死何為？

——《國風・鄘風・相鼠》

【要義】

相鼠，又名禮鼠、拱鼠、雀鼠。明人陳第云：「似鼠頗大，能人立。見人則立，舉其前兩足，若拱揖然……蓋見人若拱，似有禮儀，《詩》之所以起興也。」注家多釋之為「看那老鼠」，為動詞結構，前說更佳。

儀，威儀，指人的作風舉止大方正派。

名言的意思是：「相鼠還有皮，那些人卻無威儀。是人卻又無威儀，不死還要幹什

麼？」

《相鼠》是一首詛咒腐朽統治者的詩歌。此詩以相鼠起興，蓋因此鼠見人而拱揖，似具溫文有禮之雅致，之後立即轉入對統治者的揭露，指明他們沒有信義，貪得無厭，不知羞恥，使二者形成鮮明的對比，以此反襯那些無恥的統治者。《相鼠》應是古代勞動人民的作品，詩人對統治階級的揭露諷刺尖銳而無情，將他們看得連一隻小動物都不如，對自己的厭惡情緒毫無掩飾，語氣十分強烈，具有爆炸性的力量。

【故事】

楊廣（五六九—六一八年），即隋煬帝，為隋文帝楊堅次子，曾封為晉王。他是一個善於矯飾的人，為了取得皇位，偽裝了很長的時間。在五十一萬隋軍南下征服陳朝的過程中，楊廣是兵馬都招討大元帥，率軍「秋毫無犯」，滅陳之後，對於陳之府庫資財一無所取，博得了「天下皆稱廣為賢」的盛譽。但當他龍飛九五後，就將所有的面具撕下，再也沒有什麼禮義可言，做出了許多令人髮指的事情。

隋文帝楊堅所立太子本是長子楊勇，但被楊廣設計陷害，結果楊勇被廢，楊廣成為皇位繼承人。達到目的後，楊廣的真相逐漸暴露，隋煬帝後悔莫及，常常追思遭貶黜的楊勇，楊廣乃密謀作亂。仁壽四年（六〇四年）七月，文帝病重在床。一天，文帝愛妾陳夫人遭楊廣

調戲，文帝得知後大怒，讓兵部尚書柳述等人寫詔書，要重新召回楊勇。楊廣聞知有變，馬上將柳述等人拘捕入獄，並將文帝殺害，自己登上皇位。在殺害父親的當天晚上，楊廣便姦淫了陳夫人。為除後患，廢太子楊勇被賜死，楊廣的三個弟弟也在不久後相繼被他殺害。

楊廣登基之後，便迫不及待地從長安前往洛陽，徵調民夫兩百萬人，擴建洛陽城和洛陽宮。又徵調一百餘萬人開通濟渠，十餘萬人開通淮安至長江間的運河，以便於他乘船前往當時全國最繁華的江都。他沿著運河建造皇宮四十餘所，稱為「離宮」，又命江南趕造十分豪華的龍舟，供自己一人之用。

龍舟造成之前，楊廣不堪寂寞，在洛陽西郊建造面積達六百餘平方公里的「西苑」，內有人工山、人工湖和小運河。沿運河建皇宮十六所，稱為「十六院」，每院美女兩、三百人。龍舟建成後，楊廣立刻出遊江都。場面十分浩大，船隻共有一萬多艘，首尾相接兩百餘里。皇家之龍舟不用船槳，而用縴夫，約有八

萬餘人。飲食由沿途五百里範圍內的地方政府供應，全都極盡精美。宮人們無法吃完，臨走時一概拋棄。僅此一下江南，其勞民傷財已無可計數。

義寧元年（六一六年），隋王朝局勢已接近於土崩瓦解，但楊廣不思收拾殘局，卻又第二次下江南。到了江都後，各地官員晉見，楊廣從不問官員們的政績如何，而只看他們奉送的錢物有多少，多的晉升，少的貶官。他自知去日無多，於是便變本加厲地享樂。皇宮內分一百餘房，每房宮女數百人，由一位階層較高的美女主持。每天由一房做主人，楊廣和隨行的一千多名宮女做客人，肉山酒海，賓主皆醉。他經常攬鏡自照，哀嘆道：「大好頭顱，誰人來砍？」但是，他又經常的自欺欺人。禁衛軍們密謀叛亂，一個宮女向他報告，他竟將宮女處斬，因為這影響了他的「好心情」。

武德元年（六一八年），楊廣的末日終於來臨。大將宇文化及率軍入宮，楊廣躲避在一個小房間裡，被一個恨透他的宮女指出藏身之處，叛軍將他拖了出來，當面將他最心愛的幼子殺死，他自己也被絞殺。

「人而無儀，不死何為？」楊廣的死，一定會令當時的百姓人心大快。

我行其野

【名言】

我行其野，芃芃其麥。控於大邦，誰因誰極？
大夫君子，無我有尤。百爾所思，不如我所之。

——《國風・鄘風・載馳》

【要義】

野，郊野。芃芃（音：ㄆㄥˊ ㄆㄥˊ），植物茂盛的樣子。

控，往告、求告。大邦，大國。因，親。極，急。尤，責備。

名言的意思是：「獨自走在郊野外，麥子正在蓬勃生長。我向大國去求告，誰可依靠？誰肯救急？各位大夫君子們，不必把我來責難。你們做出各種主張，不如我親自前往。」

《載馳》是許穆夫人看到祖國衛國陷入危難之中，回國途中所作的詩歌。許穆夫人是衛國之女，乃宣姜所生，遠嫁於許國穆公。狄國侵犯衛國，攻陷了衛國的國都。許穆夫人之兄戴公申被推為國君，率眾流亡於漕邑。許穆夫人聞知此事，求救於許國，不能如願，並受到許國一些貴族的責難，於是許穆夫人毅然驅車歸國。她看到路邊長勢茂盛的麥子，自然而然地想到了風雨飄搖之中的衛國，想到了苦苦掙扎的兄弟，因而心急如焚。許穆夫人為救衛國而奔走，卻遭到了她所在的許國的貴族階層的指責，她對此做出了憤怒的批駁，同時下定決心：不管結果如何，也要為拯救祖國貢獻出自己所有的力量。

所選名言慷慨悲壯，充滿愛國主義的激情，尤其是「百爾所思，不如我所之」一句，歷來受到人們的推崇。

【故事】

魯閔公二年十二月（前六六〇年），狄人攻打衛國。禍福自招，這一戰事的起因固然與狄人的野心有關，衛國統治者腐朽無能導致國力衰微也是一個重要的原因。

當時衛國的國君是衛懿公，他一向喜歡飼養仙鶴，有些仙鶴出門時還乘坐只有大夫才能乘坐的車輛，而對於保家衛國的將士的生存處境，他卻一向不聞不問。

狄人打到衛國境內，衛懿公命令將士們抵抗，那些被徵召入伍的士兵都憤怒地說：「讓

仙鶴去抵擋敵人吧！牠們享有很高的待遇和地位，我們哪能打仗呢？」

無奈之下，衛懿公只得親自出戰。臨行之前，他贈給留守的大夫石祁子一塊玉石（表示遇事要果斷），贈給寧莊子一枝箭（表示遇敵要抵抗），並囑咐說：「你們就憑這個全權處理國事，只要對國家有利就只管去做。」又贈給夫人一件繡袍，囑咐道：「一切都要聽他們二位的。」

衛懿公統兵出征，渠孔駕車，子伯做車右，黃夷充當先鋒，孔嬰殿後，與狄人在滎澤之地作戰。雖然國君親自督戰，因為平時準備不夠，結果衛軍被狄人一衝即潰。在兵敗如山倒的時刻，自大的衛懿公還是不肯收起帥旗，暴露了目標，因此連自己也被打死了。

狄人俘虜了衛國的史官華龍滑和禮孔，帶著他們追殺衛軍。華龍滑和禮孔對狄人說：「我們倆掌管著衛國的祭祀，如果不放我們回去禱告神靈，你們是拿不下衛國的。」

狄人相信了，就把他們放了回去。華、龍兩人回到衛國國都後，對石祁子和寧莊子說：「狄人太強大了，我們必須避其鋒芒。」

於是衛國遺民們連夜逃亡，宋桓公收留了他們，將他們安排在漕邑。在宋桓公的支持下，戴公申（許穆夫人及宋桓公之夫人的兄長）被立為君。戴公申不久便死去了，文公毀又被立為君。在漕邑重新建立宗廟，以圖東山再起。

《載馳》這首詩，正是在這樣一種歷史背景下作出的。

許穆夫人對祖國懷有很深厚的感情，目睹衛國百姓流離失所之苦難，決心要重新振興祖國。她請求許穆公的幫助，但許國弱小，相距又太遠，不能救助。許穆夫人又在各個大國之間奔走求告，可在事不關己的情況下，誰願意得罪強大的狄人呢？許穆夫人無能為力，心碎欲裂，她決定到漕邑去弔唁戴公，卻又遭到了許國貴族在夫的阻攔。因為按照當時的禮俗，如果父母已死，女人是不可以歸寧兄弟的。但悲憤至極的許穆夫人已經不顧一切，毫不在意許人的阻攔，毅然踏上了歸程。

瞭解了名言的寫作背景，更能感受到其中蘊含的那種震撼人心的力量，世世代代的讀者也將被這種崇高的愛國主義精神深深打動。所選名言激情澎湃——「百爾所思，不如我所之」，道出了所有愛國之士的共同心聲。

有匪君子

【名言】

有匪君子，如切如磋，如琢如磨。

——《國風·衛風·淇奧》

【要義】

匪，通「斐」，有文采。切、磋、琢、磨，治骨器曰「切」，治象牙曰「磋」，治玉器曰「琢」，治石器曰「磨」。

名言的意思是：「那個文雅的君子，像精工切磋的犀角、象牙，像巧手琢磨的美玉、寶石。」

《淇奧》是衛國人民為衛武公所作的讚歌。衛武公任周平王卿相時，年過九十，依然兢兢

業業，不肯放鬆對自己的要求，他的道德功業，受到了黎民的稱頌。《淇奧》以河邊的竹林起興，綠竹是正直、清廉的象徵，正與衛武公的品格相合。

從名言可以看出，衛國人民對於衛武公的愛戴到了無以復加的地步，恨不得將所有美好的詞語都用到他的身上，「如切如磋，如琢如磨」，連用四個比喻而不見繁複，之後還將他比作金、錫、圭、璧，淋漓盡致地表達出對衛武公的讚美。

在現代漢語中，「切磋琢磨」的意義已經轉變，用於比喻相互間探討問題。

【故事】

蕭統，字德施，是梁武帝長子，天監元年（五〇二年）十一月，被立為皇太子。蕭統天性聰敏，三歲學《孝經》、《論語》，五歲通讀五經。七歲時，在壽安殿講《孝經》，在大義方面沒有什麼錯誤。

蕭統十二歲時，在內省看到獄官在審判犯人。他讓左右取過案卷來觀看，對獄官說：「這些案卷我都能看懂，能不能讓我來試一試如何判案？」

獄官們看他年幼，覺得挺好玩，便答應了。按照法律，所要判決的幾個案子至少要判徒刑，蕭統卻一律判為杖五十，使罪責大大減輕。官員們抱著蕭統所判的案卷，不知如何是好，便把此事上報給梁武帝。梁武帝笑著說：「這體現了太子的仁心，就照他所判的辦

吧。」

自此之後，蕭統多次參與判獄，總是會減輕對犯人的懲罰。

有人為了減輕自己的罪名，就想方設法地請太子對自己進行判決。但蕭統並不是一味慈善、不辨善惡之人。他對政務十分嫻熟，每次聽取奏事，謬誤奸妄立判。看到了下屬的錯誤，蕭統大多採用溫和的方式處理，命令有錯誤的人逐步改正，未曾彈劾一人，天下都稱頌他的仁愛。

蕭統性情寬厚，喜歡以身作則。當時民風奢侈，官宦門第更是奢靡成風，蕭統則用物樸素，身著舊衣，餐桌上經常不見肉食。有一次，蕭統與幾位官員泛舟湖上，一個人極力主張「應該有歌舞助興」，蕭統沒有回答，只是吟詠左思的詩句道：「何必弦與竹，山水有清音。」那個官員羞慚而止。與一般士大夫喜愛女樂相比，蕭統更喜歡招引有才學的人士，與

他們討論典籍，商榷古今。當時，蕭統所居住的東宮有書近三萬卷，名士並集，文學繁榮的情況，晉宋以來未曾有過。

普通（五二〇—五二七年）年間，大軍北伐，京城柴米缺乏，蕭統跟百姓一起節衣縮食。每當雨雪天，他便派心腹左右巡視街巷，發現貧困人家和流浪者，便進行賑濟，每人給米十石。他又拿出府中的絹帛，製成衣褲，每樣三千件，在冬季施捨給缺少衣物者。如果有人死後家人無力收殮，蕭統便為之準備棺木。

中大通三年（五三一年）三月，蕭統因落水後受涼，導致重病纏身。他害怕武帝為自己擔心，囑咐屬下不要往外說。他的病情愈來愈重，終於被武帝得知，武帝下敕問詢，蕭統往往是自己掙扎著書寫答啟。到了四月，終於不治，終年三十一歲。

蕭統生於帝王之家，卻始終宅心仁厚，愛民如子。衛武公的事蹟今人瞭解不多，而像蕭統這樣的人，大概也稱得上是「如切如磋，如琢如磨」的有德君子了。

手如柔荑

【名言】

手如柔荑，膚如凝脂。領如蝤蠐，齒如瓠犀，螓首蛾眉。
巧笑倩兮，美目盼兮。

——《國風·衛風·碩人》

【要義】

荑，初生的茅芽。領，頸。蝤蠐（音ㄑㄧㄡˊ ㄑㄧˊ），天牛的幼蟲，身子修長而白嫩。
瓠犀（瓠犀音ㄏㄨˋ ㄒㄧ），葫蘆的籽，色白而排列整齊。
螓（螓音ㄑㄧㄣˊ），一種形體像蟬的小蟲子，頭寬廣正方。
蛾眉，形容眉毛細長而彎。倩，笑容美好，指笑時兩頰顯現的酒渦。

盼，眼睛黑白分明。

名言的意思是：「十指纖纖如茅芽，肌膚雪白如凝脂。脖頸修長如木蟲，牙齒賽過瓠瓜了，前額方正眉梢彎。輕盈笑時酒渦俏，黑白分明眼波妙。」

周平王五十一年（前七二〇年），衛莊公娶齊國公主莊姜為妻，《碩人》就是對婚禮盛況的描寫。詩歌首先介紹了莊姜的高貴身世，然後集中描述了她超凡脫俗的美貌，接著描寫了婚禮時的車馬服飾之盛，最後以魚水交歡為喻，祝願其婚姻美滿。所選名言描寫了莊姜之美，是千古名句。前五句用了一連串的比喻，極言莊姜之美，屬於靜態描寫。後兩句寫莊姜笑靨如花，眼波流轉，頓時生機盎然，將莊姜之美刻畫得活靈活現，是「回眸一笑百媚生，六宮粉黛無顏色」等後世刻畫美人之名言的範本。

【故事】

上元節是踏春的好時候，書生王子服乘興到郊外遊覽。郊野遊女如雲，有一女郎攜一小婢，手拈桃花一枝，笑容可掬，格外迷人。王子服被這個可愛的女郎吸引住了，不覺久久注目，失卻儀表。女郎看到王子服的樣子，笑著對小婢說：「這個小兒郎目光灼灼，像個賊一樣。」將花扔到地上，笑著離去。王子服撿起花，悵惘良久。

回到家後，王子服將花藏到枕下，整日沉睡不起，竟然相思成病，藥石難醫。舅家表兄

吳某為了去其心病，騙他說：「那個女郎我已替你探訪到了，原來竟是咱們的親戚，是我姑姑的女兒，住在西南山中。」既已得知女郎消息，王子服沉屙頓癒，趁一天風和日麗，將枕下的花枝藏人懷中，獨自前往西南山中去尋找女郎。

王子服行走了三十多里後，已經來到了西南山的深處。四周不見行人，唯見谷底的花叢中，似乎有一處小村落。下山入村，只見村落中房舍很少，都是茅屋，都很整潔雅致。王子服不知女郎在哪裡，便坐在一塊巨石上休息。

正在不知怎麼辦的時候，王子服忽然聽到有女子呼喚「小榮」，隨聲而視，原來是日思夜想的那個女郎。女郎見到王子服，笑著跑到一戶人家中去了。王子服從早晨一直站到太陽偏西，時時翹首觀望，飢渴都忘掉了。女郎幾次偷看，很訝異王子服為何還不離開。

天色將晚，有一個老太太推門而出，問王子服道：「你有什麼事嗎？」

王子服說：「我是來探親的。」

「你的親戚叫什麼？」王子服囁嚅不能答。

老太太笑道：「連姓名都不知道，你這是探的什麼親啊！看來也是一個書呆子。你還是到我家裡來吧，吃點飯，睡一宿，明天再找你的親戚。」王子服大喜，隨之而入，庭院中白石鋪路，花草滿園，室內的傢俱也都很整潔。

坐定，老太太問道：「你的外祖家是不是姓吳？」王子服回答說是。老太太吃驚地說：

「原來你是我的外甥！你母親是我的妹妹。我沒有生過孩子，只有一個庶生的女兒，她的母親改嫁了，由我養大。我女兒很聰明，但缺少管教，成天只知嬉鬧玩耍。」老太太讓那個叫小榮的婢女喚小姐來見過表兄，過了一會，窗外隱約傳來笑聲。老太太叫道：「嬰寧，妳表兄在這兒。」窗外笑聲不止。小榮將嬰寧推到屋內，她掩著嘴，笑不可禁。老太太訓斥道：「有客人在這兒，嘻嘻哈哈的，像什麼樣子？」嬰寧這才忍住不笑。小榮對嬰寧說：「目光灼灼，還是那副賊樣子。」嬰寧大笑，跑到門外，笑聲更不可遏止。

次日，王子服到後花園中散步，聽到身邊的樹上有聲音，仰頭看去，原來是嬰寧躲在樹上。嬰寧見被王子服發現了，大笑不止，失手從樹上掉了下來。王子服將嬰寧扶起，趁機拉住她的手，嬰寧見王子服這副樣子，笑得直不起腰。王子服從懷中將那枝桃花拿出來給嬰寧看，嬰寧說：「花都枯了，你還留著做什麼？」

王子服說：「這是妳上元節那天扔的，所以我保存起來。」

嬰寧說：「你這麼喜歡花，等你走的時候，我送一大捆花給你。」

王子服道：「我哪裡是愛花，我是愛拿著這枝花的那個人。」但嬰寧一副癡憨模樣，似乎根本不懂他在說什麼。

王子服告訴老太太自己想娶嬰寧，老太太立刻便答應了。回到家後，王子服的母親見到嬰寧，大為吃驚，她雖有一個姐姐，但很早便去世了。眾人仔細討論此事之後才明白，原來

嬰寧是狐女。大家正在遲疑間，聽到嬰寧在室內嗤嗤地笑，惹得眾人也都笑了起來。王子服的母親本來心存疑慮，但見嬰寧為人嬌憨，雖狂笑亦不損其媚，也就不以為意，擇日為兩人完婚。

婚後，嬰寧仍不改小兒女時情態，時時笑聲不絕，眾人都很喜歡她。每當王子服的母親心情不好，嬰寧到後，一笑即解。奴婢有了過錯，讓嬰寧代為求情，都能免受責罰。後生一子，在繈褓中時便不畏生人，見人就笑，跟其母樣一模一樣。

此事見清代蒲松齡所著《聊齋志異·嬰寧》。《聊齋志異》是一部名著，但蒲松齡在刻畫人物相貌方面卻難得好評，在描寫少女之美時，多是「貌若天人」等平淡之語，只有《嬰寧》一篇，雖對嬰寧之相貌幾乎不著一字，只透過對其笑聲的描寫，其美麗便如在眼前，並且透過嬰寧那純淨的笑聲，似乎能讓人直接窺見嬰寧那純潔的心靈。

名言描寫的是莊姜的相貌之美，而透過愛笑的嬰寧，我們能夠對「美麗」有更進一步的理解。

士之耽也

【名言】

士之耽也，猶可說也。女之耽也，不可說也。

——《國風・衛風・氓》

【要義】

士，古代對男子的稱謂。耽，沉迷，迷戀而不能自拔。說，解脫。

名言的意思是：「男子迷戀女子，還可以解脫；女子迷戀男子，一生都無法解脫。」

《氓》是一位婦女在被狠心的丈夫拋棄之後所唱的怨歌。在悲傷之中，她想起了兩人相識之初，那個人擺出一副老實樣，假裝到姑娘這兒用布換絲，實際上是與姑娘商量婚姻之事。姑娘也很喜歡這個機靈鬼，便答應他秋天便是婚期。誰知等姑娘嫁過去，該男子遂了心願之

後，對姑娘卻一點也不珍惜，將她一個人拋在家中，自己在外面鬼混。至此，姑娘終於認清了所愛之人的真面目，開始後悔這樁婚姻，但是，一切都已經太遲了。

在那樣的年代裡，女子既已出嫁，丈夫便是終生的依靠，女人是沒有主動權的。因此，「士之耽也，猶可說也。女之耽也，不可說也」，既是棄婦的悔悟之言，同時也是對男權社會的血淚控訴。短短四句中濃縮著的痛切沉鬱之情，即便是在千載之後的今天，仍然有著震撼人心的力量。

【故事】

明朝萬曆年間，有一個名叫李甲的官宦子弟遊學於京城。一天，李甲在教坊司院內，遇到了名妓杜十娘，兩人一見傾心，李甲便在司院中住了下來。

不知不覺中，李甲在司院中已住了一年。由於每日大把花錢，此時囊中已空，認錢不認人的老鴇開始千方百計設法地攆他走。可是，杜十娘已經與李甲產生了深厚的感情，兩人難捨難分。無奈之下，老鴇對李甲說：「只要你能拿出三百兩白銀，就可以把十娘帶走。」她的意思是，李甲絕對拿不出這麼多錢，可以藉這樣的理由趕走他。

李甲向杜十娘哭訴，說自己很希望與她做一對恩愛夫妻。杜十娘也希望跟心愛的人生活在一起，便拿出自己的私房錢，讓李甲交了贖身費用。兩人坐上客舟，踏上了回李甲老家的

歸程。

船行至瓜洲時，風雪阻渡。在此期間，杜十娘被另一條船上的一個名叫孫富的浪蕩子窺見了芳容。杜十娘的美色令孫富心旌動搖，他打定主意要把杜十娘搶到手。孫富設法與李甲拉上關係，然後問他杜十娘的情況，李甲告訴了他。孫富一聽，便鼓動李甲將杜十娘賣給自己，出價白銀千兩，李甲一聽便動了心。李甲手頭窘迫，白銀千兩令其垂涎，並且這樣還可以解決他的一樁煩心事。

李甲的父親治家甚嚴，對於曾是妓女的杜十娘肯定不能相容，李甲一直為此而憂心忡忡。現在，既能得到千兩白銀，又不必受老父的責罵，可謂是「兩全其美」，便答應了，至於杜十娘對他的深情厚意，被他全盤拋在腦後。

杜十娘聞知此變，五內俱焚。但在此刻，她反而顯出了驚人的平靜。「交接」之日，待孫富將白銀如數交給李甲後，杜十娘拿出一個小箱子，站到船頭。箱子內共四格，杜十娘抽

山第一格，都是金銀首飾，價值數百金，將之倒人江水中。第二格是玉簫金管，第三格是古玉紫金，價值數千金，也被杜十娘倒入江中。第四格是祖母綠、貓眼石、夜明珠等，都是無價之寶。杜十娘又要傾倒，李甲一見，既後悔又心痛，慟哭起來。杜十娘暫時停手，責問孫富說：「我與李郎備嘗艱辛，到這一步很不容易。你毀人姻緣，斷人恩愛，是我的仇人，我怎會跟從你？」又向李甲道：「你曾與我海誓山盟，白首不渝，現在為區區千金便將我拋棄。我沒有辜負你，是你辜負了我啊！」說完，縱身跳入江中。

此事見明人馮夢龍所著之《警世通言》，儘管是小說家言，現實生活中也不乏這樣的事。當杜十娘獨立船頭，想起昔日的海誓山盟時，心中是充滿了怎樣的哀傷？李甲沉迷風月，只要回頭，仍有無數的機會；而杜十娘一朝傾心，只因所託非人，便再無機會。恰如《衛風．氓》所說：「士之耽也，猶可說也。女之耽也，不可說也。」將杜十娘這樣一位女中丈夫逼上走投無路之境地的，除了險惡的人心，還有那個黑暗的時代。

總角之宴

【名言】

總角之宴，言笑晏晏。信誓旦旦，不思其反。

——《國風・衛風・氓》

【要義】

總，捆紮。總角，古時兒童兩邊梳辮，如同雙角，稱為「總角」，代指童年。宴，玩樂。晏晏，指笑容和柔。旦旦，誠懇的樣子。不思，沒想到。反，反變。

名言的意思是：「我們從小一起玩，說說笑笑那麼歡樂。海誓山盟許了願，從沒想到有今天。」

遭到拋棄的女子回想起了與前夫童年時的情景：兩個人兩小無猜，一同玩耍，一起遊

戲，是那麼的快樂。等到情竇初開，又是負心人首先向自己表白，並賭咒發誓地說，一定會對她好，兩個人一輩子不分開。誰想結婚時間並不太長，這個人就變了心，移情別戀，並狠心地將自己拋棄。童年時的歡愉，熱戀時的海誓山盟，都與現時的狀況形成了鮮明的對比，凸顯出負心人的無情無義。

「信誓旦旦」一詞，在後世形容不能守信之人時被經常引用。

【故事】

劉蘭芝是漢代末年廬江郡人，是一個家教謹嚴、多才多藝而又知書達禮的女子。十七歲那年，她嫁給了廬江郡的一個低階官員焦仲卿為妻。

焦家人口簡單，焦仲卿外，只有守寡多年的老母和一個小姑。劉蘭芝嫁到焦家後，早起晚睡地操持家務，從來沒有什麼怨言。焦仲卿看在眼裡，喜在心頭。閒暇無事時，他便挨在妻子身邊，喁喁低語，情話綿綿，偶爾也彈琴奏樂，輕聲合唱一曲，伉儷情深，其樂融融。鄰里間對於這對郎才女貌的小夫妻都很羨慕。

但是，焦仲卿的母親心裡卻很不是滋味，她感到，自己守寡多年養大的兒子，被劉蘭芝這個剛進自己家門的女人給搶走了。於是，她開始刁難起劉蘭芝來，先是蠻不講理地派給劉蘭芝許多家務，繼而對她橫挑鼻子豎挑眼。到了最後，焦母已完全喪失理性，認為劉蘭芝就

是破壞焦家和美生活的狐狸精，要求兒子將這個女人趕走。

焦母的理由是，劉蘭芝沒有禮節，遇事愛自作主張，讓自己心裡不痛快。焦仲卿則認為，妻子的行為並無不當之處，為何得不到母親的喜歡呢？他反對母親這樣做，並發誓說：「如果劉氏被趕出家門，此生將不會再娶。」但是他的母親卻使出了撒手鐧，她一把鼻涕一把淚地哭訴著養大兒女是多麼的不容易，並以死相威脅。在這種情況下，焦仲卿只能敗下陣來。

當天夜裡，夫妻倆一直未曾合眼。焦仲卿一再解釋自己的尷尬處境，並保證說，等情況得到緩和，就一定會將劉蘭芝接回來。劉蘭芝卻不敢抱此奢望，哭得跟淚人似的。

天亮了，一輛馬車載著劉蘭芝離開了焦家，焦仲卿騎馬相送。行行重行行，車輪的每一次轉動，就彷彿輾在兩個人的心上。忍不住心中的悲痛，兩人抱頭痛哭，共同發出誓言：海枯石爛，永不相棄。

然而，當劉蘭芝回到娘家後，一切都變了。劉蘭芝的哥哥性情粗暴，見妹妹被焦家趕回，讓他感到很丟面子，對劉蘭芝很不滿。因此，當縣令派人到劉家為他的兒子求婚時，他不徵求妹妹的意見便一口答應了。長兄如父，對於哥哥所做出的這個不近人情的決定，劉蘭芝無力反抗，只能任由眼淚流淌。焦仲卿得知劉蘭芝要再嫁的消息，快馬加鞭趕了過去，責問她說：「我的心就像磐石一樣永不轉移，妳怎麼這麼快就變了心？」說完之後，他不肯聽

劉蘭芝的解釋，萬念俱灰地踏上了歸途。

聽到焦仲卿的話，劉蘭芝最後一點活下去的願望也消失了。當天夜裡，劉蘭芝趁人不備，跳入了屋後的池塘，用她的生命來詮釋了愛情的堅貞。劉蘭芝的死訊很快便傳到了焦仲卿那裡，他明白，自己錯怪了劉蘭芝，為此而追悔莫及。他自縊而死，魂靈追隨劉蘭芝而去。

這是一個令人感傷的愛情悲劇，有一位民間詩人就此寫了一首《孔雀東南飛》的五言長詩，南朝人徐陵將其收入所編的詩集《玉台新詠》裡，使之得以千古流傳。焦仲卿和劉蘭芝的悲劇，主要在於封建家長制，但焦仲卿不信任劉蘭芝，誤認為她違背誓言，也是造成悲劇的原因之一。

誰謂河廣

【名言】

誰謂河廣？一葦杭之。誰謂宋遠？跂予望之。

——《國風・衛風・河廣》

【要義】

河，黃河。衛國在戴公之前，都城設於朝歌，與宋國隔河相望。葦，蘆葦。杭，同「航」。跂（音ㄑㄧˋ），踮起腳跟。

名言的意思是：「誰說黃河寬又寬？踩根蘆葦到對岸。誰說宋國遠又遠？踮起腳跟能望見。」

《河廣》是一個身在衛國的宋國人的思鄉之作。他思念故國，但不知什麼原因無法回去，

於是寫了這首詩。此詩想像奇特，說黃河很窄，踩根蘆葦就能漂過去，甚至容不下一條窄窄的小木船；說宋國很近，踮起腳便可以看到，一個早上就能從衛國趕過去。這顯然不是事實，但表明了作者急於回鄉的心情是多麼的迫切。作者認為宋國很容易回去，事實上卻是欲歸而未得，想像與事實之間的反差十分強烈，令人為之感嘆不已。

《河廣》極為簡短，僅三十二字，卻將作者對故國的思念表達得淋漓盡致。

【故事】

宗澤（一〇六〇—一一二八年），字汝霖，宋朝義烏（今屬浙江）人。進士出身，歷任衢州龍游令、晉州趙城令、登州通判等職。靖康元年（一一二六年）知磁州，當時北方的金國對北宋攻擊甚烈，宋王朝節節敗退，宗澤則率領磁州軍民屢創金兵。次年，宗澤在開德與金兵激戰，十三戰皆捷，可謂所向披靡。

但是，整體的局勢對宋王朝卻十分不利，百姓流離失所，群臣人心惶惶，並且都城開封已被金軍攻陷，徽宗、欽宗二帝落入金人之手，宗澤的奮勇抗戰無法挽回北宋的滅亡。徽宗第九子在南京應天府繼位，是為高宗趙構，改年號為建炎，南宋王朝開始。

趙構即位之初，也曾做出過復仇的姿態，起用力主抗戰的李綱為相，宗澤也得到了重用。但是，趙構並不是真心抗金的，因為如果真的打敗金國，救回徽、欽二帝，已經得到的

皇位就會旁落。因此，他又起用議和派官員黃潛善、汪伯彥等人以牽制李綱、宗澤，並打算割讓土地以求苟存。

宗澤看到這種情況，大為憤怒，他不怕忤君之罪，上了一份慷慨激烈的奏疏說：「天下者，太祖、太宗之天下，陛下當兢兢業業，思傳之萬世，奈何遽議割河之東、西，又議割陝之蒲、解乎！自金人再至，朝廷未嘗命一將，出一師，但聞奸邪之臣，朝進一言以告和，暮入一說以乞盟，終致二聖北遷，宗社蒙羞。……臣雖駑怯，當躬冒矢石為諸將先，得捐軀報國恩足矣。」在這份奏疏中，宗澤直指趙構之非，並表明自己甘願為抗金而身先士卒。宗澤此時已六十九歲。

宗澤一直渴望能夠早日收復失地，回到黃河以北地帶。他一方面力排求和之議，同時又為抗金而身體力行。他聯合王善、楊再興、李貴、王大郎等義軍領袖，同時又起用英勇善戰的岳飛等年輕將領，給予金軍沉重打擊，令金兵聞風喪膽，呼之為「宗爺爺」。在此期間，宗澤接連上書二十多次，要求趙構北返汴京。他在奏疏中說：「陛下留在南都，人心惶惶，都認為您捨棄宗廟社稷，使國家失去依靠，生民失去仰戴。您應該立刻回到汴京，以安慰百姓的心。」但他的奏疏卻被議和派扣押。趙構對宗澤也是頗多疑忌，認為宗澤聯合義軍是企圖謀反，派郭仲荀去監視他，並處處掣肘。

宗澤壯志難酬，憂憤成疾，終至不治。臨死前，眾將士問他有何遺願，宗澤看著諸將

說：「我因為二帝遭遇不幸，積憤成這樣。你們如果能夠奮勇殺敵，則我死而無憾了。」眾將都流著淚說：「怎敢不盡力！」眾將出去後，宗澤嘆息道：「出師未捷身先死，長使英雄淚滿襟。」第二天，風雨大作，宗澤與世長辭，臨死無一語道及家事，只是大呼三聲：「過河，過河，過河！」至死都不忘收復失地。

在《河廣》中，詩人無法回到故鄉，並不是因為黃河之險、路程之遠等地理方面的因素，而是有別的原因；而宗澤等主戰派將領的願望無法實現，也並不是因為金國兵力強盛。實際上，只要南宋上下戮力同心，北渡黃河、收復失地是可以辦到的。可惜的是，因為奸臣從中作梗，宗澤只能空抱「過河」的願望而含恨去世。因為最高統治者的腐朽無能，宗澤等愛國將領只能像《河廣》的作者一樣無奈。

益，因而遭到了他們的妒恨。靳尚向懷王進讒言，使得懷王逐漸疏遠屈原，並將他的職位降低。但屈原的愛國豪情並不因此而減退，他多次在詩歌中表示，願意為楚國而獻出自己的一切。

周赧王二年（前三一三年），秦惠王派遣張儀到楚國，以割讓商於之地為誘餌，企圖拆散對秦國威脅甚大的楚齊聯盟。屈原洞悉秦國的險惡用心，勸懷王驅逐張儀，但鬼迷心竅的懷王不肯聽從屈原的勸告。等到楚、齊真的絕交，秦國便背棄了誓言，不肯割讓商於之地。懷王大怒發兵攻打秦國，在丹陽、藍田等地大戰，結果連戰皆北。懷王此時終於悔悟，重結齊楚之盟。秦國見楚、齊之間重新結盟，便再次派遣張儀出使楚國，表示願意退還失地。張儀用重金拉攏靳尚和懷王寵姬鄭袖，讓他們幫助秦國說話。昏庸的楚懷王再次聽信讒言，採納了張儀與秦國結盟的建議。此時屈原正在外地，等他趕回懷王身邊，一切為時已晚。

忠言逆耳，屈原多次進諫，使得楚懷王不勝其煩，將他貶謫到江北一帶。報國無門的屈原滿懷悲憤，只能以詩歌抒發哀傷之情。他在著名的長詩《離騷》中寫道：

朝發軔於蒼梧兮，夕餘至乎縣圃。
欲少留此靈瑣兮，日忽忽兮將暮。
吾令羲和弭節兮，望崦嵫而勿迫。

路漫漫其修遠兮，吾將上下而求索。

為救國而「上下求索」的屈原，空有報國之志、安邦之策，由於得不到懷王的信任，只能「長太息以掩泣兮，哀民生之多艱」。但他這些感人至深的詩句，卻打動不了楚懷王，也無法拯救深陷苦難中的楚國人民。自周赧王十一年（前三〇四年）楚秦結盟之後，楚國便與各國之間戰爭不斷，後來秦楚之間也發生了連年戰爭。周赧王十六年（前二九九年），秦國要楚懷王相會武關，重返朝廷的屈原勸阻懷王說：「秦是虎狼之國，不能夠相信。」但楚懷王不聽，結果被秦國劫持到咸陽，三年後死在那裡。

西元前二九八年，楚頃襄王即位。屈原仍然得不到重用，反而被流放到十分偏遠的汨羅江邊。在那裡，屈原熬過了整整二十個春秋。個人的榮辱，屈原並不是十分在意，最讓他憂

處的是楚國的每況愈下。新當政的楚頃襄王不僅沒有記住歷史教訓，而且還成為秦王的女婿，完全沒有意識到秦國的虎狼之心。秦昭王二十九年（前二七八年），秦軍大舉攻楚，毫無防備的楚國節節敗退，國都郢都被秦軍佔領。至此，屈原徹底絕望了。他不忍看到祖國的滅亡，遂於同年陰曆五月五日抱石自沉於汨羅江。

目睹祖國一步步走向滅亡，而自己空懷報國之志卻無用武之地，是最令人傷痛欲絕的事。屈原滿懷愛國熱情，卻被當朝權貴誣衊為有野心，對他橫加打擊。當一心赴死的屈原在汨羅江邊徘徊，他心中的哀傷只有天地可表。在那樣的局勢下，除了痛呼「悠悠蒼天」並自絕於江水中，屈原又能怎麼做呢？這是屈原的悲哀，也是那個時代的悲哀。

彼采蕭兮

【名言】

彼采蕭兮，一日不見，如三秋兮！

——《國風・王風・采葛》

【要義】

彼，代指詩中提到的採蕭女子。蕭，即青蒿，有香氣，古時用於祭祀。

三秋，通常以一秋為一年，但在此詩中，先後提到「三月」、「三秋」、「三歲」，可見「秋」長於「月」，短於「歲」，「三秋」意指「三季」。

名言意思為：「那採青蒿的女郎，一天不見她，就像隔了三秋時光。」

《采葛》是一首情詩，描寫一位男子對一個熱愛勞動的姑娘的深切思念，十分精短，僅三

十六字，卻具體地道出了戀愛中人的心態。情人間的思念是難以言喻的，作者卻借助於時間的長度，巧妙地將之展現出來。所謂「三月」、「三秋」、「三歲」，都是用誇張手法表現思念之深。並且，三者的時間跨度愈來愈大，顯現出思念愈來愈強烈，語意層層遞進，情感步步發展，簡短的篇幅，卻構造出悠遠的意境。語言樸實無華，卻傳遞了出了最強烈的感情。

成語「一日三秋」即源於所選名言。

【故事】

蔡琰字文姬，東漢文學大家蔡邕的女兒。

蔡文姬很有才情，又妙於音律。一天晚上，蔡邕彈琴的時候，不小心將一根琴弦弄斷了，蔡文姬說：「斷的是第十弦。」實際上，她並沒有看到斷的是哪根弦，只是憑聲音辨別出來的。蔡邕也不相信女兒有如此高超的能力，說：「不過是偶然猜中罷了。」便又斷一弦讓她猜，蔡文姬再次猜中，其聰慧可見一斑。

這樣的一位大家閨秀，本應有很好的命運，但生逢亂世，她的命運像世道一樣坎坷。興平年間（一九四－一九五年）天下大亂，胡人侵犯中原，蔡文姬被胡人擄去，沒入南匈奴，為左賢王妾。雖然背井離鄉，但左賢王對蔡文姬很好，與她共處十二年，生了兩個孩子。

魏國宰相曹操與蔡邕的關係一向很好，一天，忽然念及老友蔡邕沒有後嗣，唯一的女兒又遠在匈奴，便派人用金璧將她贖了回來。曹操並不知道，蔡文姬已經是兩個孩子的母親了，小鳥依人般的孩子，使她消除了遠在異國的孤獨和寂寞，與左賢王相處十二載，兩人也產生了深厚的感情。此時的蔡文姬並不願意離開匈奴，離開左賢王和兩個可愛的孩子。但對於曹操的贖人舉動，她是沒有力量反對的，只得身不由己地回到中原。

歸漢後，蔡文姬再嫁於董祀為妻。夫妻關係很好，董祀並不因她曾在胡生活十二年並生有兩個孩子而輕視她。但是，作為一個母親，蔡文姬怎能不想念遠在漠北、相隔千里的兩個孩子！萬般痛苦中，她寫出了流傳千古的《胡笳十八拍》，除前十拍寫她入胡的原因及經過外，後八拍都是寫她對兩個孩子的思念。我們且看其第十五拍和十六拍：

十五拍兮節調促，氣填胸兮誰識曲？
處穹廬兮偶殊俗，願得歸來兮天從欲，
再還漢國兮歡心足。心有懷兮愁轉深！
日月無私兮曾不照臨。子母分離兮意難任，
同天隔越兮如商參，生死不相知兮何處尋？
十六拍兮思茫茫，我與兒兮各一方。

日東月西兮徒相望，不得相隨兮空斷腸！
對萱草兮憂不忘，彈鳴琴兮情何傷！
今別子兮歸故鄉，舊怨平兮新怨長：
泣血仰嘆兮訴蒼蒼，胡為生我兮獨罹此殃？

「同天隔越兮如商參，生死不相知兮何處尋」、「日東月西兮徒相望，不得相隨兮空斷腸」，這樣的詩句，可謂字字血淚！

將《采葛》與《胡笳十八拍》比照來讀，同屬思念之作，其中況味卻迥然不同。《采葛》寫的是情人間的思念，文中有一種甜蜜的憂傷，《胡笳十八拍》的作者卻是一個與自己的孩子永生不得相見的母親，此詩令人肝腸寸斷。不同的思念，卻都寫到了極致。

穀則異室

【名言】

穀則異室，死則同穴。謂予不信，有如皦日。

——《國風・王風・大車》

【要義】

穀，活著。皦，同「皎」，光明。

名言的意思是：「活著不能在一起，死了願與你同葬。若你不信我的話，太陽高高懸天上。」

所選名言是《大車》之第三章，前面兩章交代了事情的原委：一對青年男女相愛了，不知什麼原因，在兩人之間隔著一道深深的鴻溝。女子看著所愛之人乘著大車從自己面前駛

過，日光接觸，摩擦出一串串火花，但在眾人面前，他們不能將愛意表達出來。女子曾不顧一切地約男子和她一起私奔，可是男子卻退縮了。相愛之人不能在一起，並且這份愛永遠都不會有結果，可以想見女子心中那份痛苦。於是她指著太陽發誓：就算活著時不能如願，死了也要和戀人在一起。

詩人直抒胸臆，以熱烈、直接的語句將自己的感情表達出來，具有極強的藝術感染力，「穀則異室，死則同穴」因而被後世的戀人們在表達感情時多次引用。

【故事】

祝英台是東晉時期上虞一戶大姓人家的女兒，她相貌出眾，並且熟讀經史。祝家的上代曾數度隨祖逖、桓溫等大軍北伐中原，由於家族的薰陶，祝英台的性格中也帶有幾分男子氣，希望能像花木蘭那樣，成為一個馳騁疆場的巾幗英雄。

為了彌補自己不能追隨花木蘭的遺憾，祝英台說服了父母，女扮男裝，到杭州遊學，此時她僅有十四歲。在去杭州的路上，祝英台碰上了梁山伯。梁、祝兩人一見如故，相談甚歡，於是結為異姓兄弟，結伴而行。

不一日，兩人來到杭州的崇綺書院，拜師入學，刻苦攻讀詩書。三年時光，彈指而過。在耳鬢廝磨中，祝英台對人品、學識俱佳的梁山伯暗生情愫，而梁山伯則有些木訥，雖與祝

英台同室而寢，連她是個女孩子都沒有發現。

祝英台有些心急，於是，她便藉清明節放假、幾個同學一同到西湖遊玩的機會，屢次向梁山伯加以暗示，可是梁山伯還是沒有明白，反而取笑祝英台像個女孩子。無奈之下，祝英台只得直接向梁山伯表白，梁山伯這才恍然大悟。

不巧的是，祝英台的話被一同出遊的同學馬文才聽見了。這馬文才出身於官宦世家，是個典型的花花公子。平時，因為祝英台相貌姣好，經常遭到他的戲弄，現在偷聽到了祝英台與梁山伯的悄悄話，總算明白了是怎麼一回事。於是，他便打起了歪主意。

祝英台向梁山伯表明心意之後沒多久，便得知母親病了，只得匆匆回家，梁山伯依依不捨地送了一程又一程。祝英台知道，自己這次回去，就再也不可能回到杭州了，便在與梁山伯分手的時候，送給他一封信，信上只寫七個字：「二八、三七、四六定」，意思是要梁山伯十天之後去祝府提親。但是，梁山伯卻以為是三個十天加在一起，也就是一個月後去提親。等他於一個月後歡天喜地地趕到祝府時才知道，馬文才已經搶先一步提親，並且祝英台那貪戀權勢的父親已經答應了。

梁山伯傷心欲絕，回到家後，他便病倒了，終至一病不起。臨終之前，他要求將自己葬在貿城西郊邵家渡山麓，那是從祝家到馬家的必經之地，梁山伯希望死後也能看到祝英台出嫁時的風采。聽到情郎的死訊，祝英台放聲大哭。此時，馬家不斷催婚，父母也是苦苦相

勸，祝英台萬念俱灰，便答應了。不過，她提出了一個要求：經過邵家渡時，要到梁山伯的墓上祭奠一番。祝、馬兩家怕再生事端，便答應了。大家不知道，祝英台已心存死志，她打算在祭奠梁山伯時，撞碑殉情。

出嫁那天，當喜船經過邵家渡時，馬家人原想順風急駛，讓船來不及靠岸，沒想到突然之間，狂風大作，江面波濤洶湧，喜船只得靠岸避風，祝英台也得以從容上岸，前往梁山伯墓前祭拜。祝英台失聲痛哭，剎那間天搖地動，飛沙走石。就在眾人大驚失色時，忽見墳前裂開一道一尺多寬的縫隙，祝英台一躍而入，轉瞬間風停地平，一切都恢復正常。

後來，在邵家渡的山坡上，經常有巨大、美麗的蝴蝶雙飛翩翩，一種是黃色，一種是褐色。大家都說，那種黃色的蝴蝶是祝英台，而褐色的蝴蝶就是梁山伯，他們生前不能如願，死後則永遠一起，並在千百年來，成為堅貞愛情的象徵。

畏人之多言

【名言】

畏人之多言。仲可懷也，人之多言，亦可畏也。

——《國風·鄭風·將仲子》

【要義】

將（音ㄑㄧㄤ），請求。仲，即仲子，女詩人之戀人的名字。懷，想念。

名言的意思是：「害怕人多嘴又雜。仲子仲子我想你，但到處都是流言，真是讓人心寒。」

這是一首描寫戀人偷偷約會的詩篇。姑娘很懷念她那名叫仲子的戀人，希望兩人永遠在一起。可是在那樣的年代裡，年輕男女私下相約於禮不合，姑娘害怕別人那異樣的目光，因

而請求仲子，不要再偷偷翻越她家的院牆，也不要踩壞牆邊的小樹。她並不是心痛那棵小樹，而是害怕父母因此而發現他們的私情。因為與仲子暗中約會，父母、兄長已多次訓斥她，鄰居們也是風言風語，這都很讓姑娘畏懼。

所選名言活靈活現地寫出了戀愛中的女子既渴望與戀人相見、又有所顧忌的矛盾心態，並揭示出了「人言可畏」的人生體驗。

【故事】

李清照是我國文學史上一位風華絕代的女詞人，所填之詞自成一格，具有很高的成就。這樣一位富有學識的大家閨秀，本應有幸福的生活，但實際上並不是這樣。終其一生，李清照都沒有擺脫流言的糾纏。

李清照與趙明誠新婚期間，便陷入了流言的漩渦之中。她的父親李格非與當時朝廷全力排斥的「元祐黨人」有牽連，罷職遠徙。這樣的打擊李清照還可以忍受，最讓她難以承擔的是，處理此事的是她的公公趙挺之。好事者對此說三道四，令李清照不勝尷尬。她寫了一首詩，送給趙挺之，要求他以「人間父子情」為慮，顧及兒子、媳婦和親家的面子，不要再做讓自家人心寒、讓外人笑話的事情。在當時，一個新過門的兒媳婦能以如此強硬的口氣給公公上書，是一件十分罕見的事情，這也說明了李清照對名譽是多麼的珍惜，流言對她造成了

多麼大的傷害。

之後，李清照過了一段相對平靜的生活。但是，在她的丈夫趙明誠患上重病即將辭世時，流言又起。趙明誠是一位文物鑑賞家，有人拿了一把石壺請他鑑定，沒想到趙明誠剛去世，便有謠言說他直到臨死還將一把珍貴的玉壺託人送給金國。

當時宋、金之間正在激烈地交戰，這種謠言關乎重大的氣節問題，是很嚴重的。李清照不知如何洗刷，一氣之下，帶著夫妻倆多年來積攢的全部古董，跟隨南奔的宋高宗趙構一同逃難。

她的意思是：在宋朝最高統治者走投無路的時候我還追隨他，並要將全部古董獻給朝廷，怎麼會巴結金國呢？可是，流言的傳播者是並不在乎你做過什麼的，李清照此舉並沒有取得什麼好的效果，唯一的結果是：自己身心俱疲，珍貴的文物也喪失大半。

悲慘的日子並沒有結束。備感淒涼與孤單的李清照接受了一個叫張汝舟的人的求婚，此舉再次招來士大夫們瘋狂的嘲笑。最可怕的是，張汝舟竟然是一位人面獸心之徒，他所看上的，只是李清照手中那價值不菲的古董。剛剛結婚，張汝舟便對李清照非打即罵。李清照不堪忍受，便提出了離婚。按照當時的社會情況，妻子上告丈夫是不可思議的，即便丈夫真的有罪，妻子也要坐兩年牢。結果也真的是這樣，離婚成功了，李清照也進了監獄，這使人們對她的嘲笑達到了頂點。

瞭解了這一切，或許我們就可以明白，李清照晚年的代表作《聲聲慢》為什麼會是如此悲涼了：

尋尋覓覓，冷冷清清，淒淒慘慘戚戚。乍暖還寒時候，最難將息。三杯兩盞淡酒，怎敵他、晚來風急！雁過也，正傷心，卻是舊時相識。

滿地黃花堆積，憔悴損，如今有誰堪摘？守著窗兒，獨自怎生得黑！梧桐更兼細雨，到黃昏、點點滴滴。這次第，怎一個愁字了得？

瞭解了李清照一生的遭遇，再讀她這首充滿感傷的《聲聲慢》，我們便可知道，流言對她造成了多大的傷害，而《氓》中所言「人之多言，亦可畏也」又是怎樣的沉痛之語。

宜言飲酒

【名言】

宜言飲酒，與子偕老。琴瑟在御，莫不靜好。

——《國風·鄭風·女曰雞鳴》

【要義】

宜，飲酒之餚。言，語助詞，無義。在御，指琴瑟之樂在於侍御。莫不，無不。靜，平靜和順。好，愉快美滿。

名言的意思是：「與您共品美酒佳餚，與您相約白頭偕老。鳴琴奏瑟助長酒興，那麼和諧那麼美好。」

名言勾勒出一幅溫馨的生活畫卷。一對小夫妻早晨醒來，可是都不願意起床，沉醉於枕

邊絮語。妻子說：「你該起床了。」丈夫說：「天還沒亮呢！」妻子說：「你看看天色，野鴨和大雁已經在翱翔。你一定會有收穫，打來野鴨和大雁，我將用來做成佐酒佳餚。希望生活一直這樣，我們平靜地白頭偕老。」關於奏琴鳴瑟的設想既烘托了氣氛，又暗寓「琴瑟和諧」之意，對美滿生活加以祝福。

名言語句樸素，表達感情真摯自然，「與子偕老」一句，說出了天下所有有情人的共同願望。

【故事】

東漢時，扶風郡平陵縣（今陝西興平東南）有一位名士叫梁鴻。梁鴻家境貧寒，但他非常勤奮好學，靠自己的努力考取了太學。在當時，考取太學的學子大都有很好的前途，以梁鴻的才識學問，平步青雲指日可待。但梁鴻性情清高，他看到官場污濁，不願意與貪官污吏們同流合污，所以在完成學業後便返回家鄉，靠養豬來養活自己。雖然生活清苦，但梁鴻絲毫不以為意，勞動之餘仍勤學不輟。

有一次，梁鴻家失火，火藉風勢，燒到了鄰居家中，對房屋造成了一定的損壞。梁鴻撲滅火後，立即趕到鄰居家中道歉，並提出用自己養的豬來賠償鄰居的損失。鄰居當家的很不滿意，說：「你那兩頭豬，怎麼抵得上給我造成的損失呢？」梁鴻為難地說：「我的情況你

知道，家裡再也沒有什麼值錢的東西了。這樣吧，我每天來為你們做工，用勞力來抵債吧。」鄰居當家的答應了，自此以後，梁鴻便每天從早到晚在鄰居家裡做事，絲毫沒有什麼怨言。鄰居家中的老人家看到梁鴻為人這樣厚道，對他很欣賞，感到自己的兒子做得太過分了，就對兒子提出了批評。梁鴻的鄰居也感到很不好意思，不僅向梁鴻道歉，還要把豬拖出來還給他。梁鴻拒絕了鄰居的好意，回到了家中。

梁鴻學問淵博，而且品德高尚，名聲很快便傳遍四鄉。他已經到了結婚年齡，鄉人們都認為他終非池中之物，雖然他很窮，卻都想將女兒嫁給他。於是，到梁鴻家提親的人絡繹不絕，並且都強調自己的女兒是多麼的美麗，陪嫁是多麼豐厚，以為梁鴻一定會動心，沒想到全被他拒絕了。大家都很不理解，到底多美的姑娘梁鴻才會看中呢？

當時，同縣有一個姑娘，叫做孟光。孟光長得又黑又醜，身材像男人一樣粗壯，力氣大得能舉起石臼。像這樣的姑娘，一般人都看不上眼，沒想到孟光的擇偶條件還挺高，周圍的小夥子她一個都看不上，以至於年近三十了還沒有出嫁。孟光的父親很著急，問她到底要嫁給怎樣的人。孟光回答說：「除非是像梁鴻那樣忠厚、有學識的人，其他的我都不想嫁。」這話傳出去後，成為大家的笑柄。孟光的父親沒有法子，雖然認為梁鴻不可能看中自己的女兒，仍抱著試試看的態度到梁鴻家去了。沒想到，當梁鴻瞭解到孟光的人品後，立刻高興地答應了下來。

孟光出嫁那天，特意把自己打扮得珠光寶氣，臉上厚施脂粉，身穿綾羅綢緞。梁鴻一見之下，便對孟光不理不睬，這樣一直過了七天。孟光問梁鴻為什麼冷落自己，梁鴻回答說：「我並不是有意要冷落妳，只是因妳我想法不同而有些失望罷了。人各有志，我所需要的，是一個能與我同甘共苦的妻子，不嫌棄衣服簡樸，食物粗糲。而妳打扮得這麼華美，怎麼可能陪我吃苦呢？」

孟光聽後，高興地說：「你真是我的好夫君！我這樣穿著打扮，是想試試你，看你是否真的有遠大的志向，現在我放心了。舊衣服我一直帶在身邊，現在就換上。」說完，孟光換掉新裝，與梁鴻一起下田工作。結婚幾天來，梁鴻終於露出了笑臉：「這才是與我志同道合的好妻子，能夠幫助我實現理想。」

後來因為社會動亂，梁鴻與孟光避入霸陵山中，白天耕田，晚上讀書，日子過得其樂融融。朝廷聽說梁鴻人品學問俱佳，便召他入京做官。梁鴻不願與當朝的貪官污吏們同流合污，便埋名隱姓，隱居於齊魯之間，後來又去了吳地，靠替人舂米為生。每當梁鴻勞動後回家，孟光就做好飯菜，放在小飯桌上，高舉齊眉，以示對丈夫的尊敬。梁鴻也很敬重自己的妻子，感激她能與自己一起過清苦的生活。梁鴻、孟光夫婦互敬互愛，成就了一段「相敬如賓」、「舉案齊眉」的佳話，與《女曰雞鳴》中的名句「宜言飲酒，與子偕老。琴瑟在御，莫不靜好」相映成輝。

出其東門

【名言】

出其東門，有女如雲。雖則如雲，匪我思存。縞衣綦巾，聊樂我員。

——《國風・鄭風・出其東門》

【要義】

如雲，形容女子既多又美。思存，思念。縞衣，白色的衣服。綦（音ㄑㄧˊ）巾，暗綠色的佩巾。聊，且。員，助詞，相當於「云」。

名言的意思是：「走出城東門，美女多如雲。雖則多如雲，非我意中人。白衣青巾者，才是我知音。」

《出其東門》表現了一個青年男子對愛人堅貞的愛情。他在城東門外，看到許多裝扮豔麗

的女子，十分可愛。但不管她們多麼美麗多麼可愛，他所愛的仍然是那位衣著樸實的女子。詩人一往情深，忠貞不貳，具有高貴、純潔的傳統愛情觀。所選名言是詩人的真情流露，而這種純粹的感情十分打動人心。

【故事】

宋弘字仲子，東漢時人，生於京兆長安。他的父親宋尚性格激烈，漢成帝時官至少府，漢哀帝即位時因不肯依附幸臣董賢，違忤抵罪。宋弘的性格比其父親要溫和得多，仕途也一直很平順，漢哀帝、漢平帝時任侍中，王莽時為共工。但當遇到大事時，宋弘也與他父親一樣剛烈。赤眉軍入長安時，派遣使者徵召宋弘，無奈之下，宋弘只得前往。但當走到渭橋時，宋弘自投於水中。家人將他救起，他裝死才得以躲過。

光武帝即位後，徵拜宋弘為太中大夫。建武二年（二六年），官拜大司空。宋弘的俸祿都被他用來分養九族，家中沒有餘財，以清廉著稱於世。後又徙封為宣平侯。光武帝對宋弘的人品及才幹、眼光很相信，經常讓他推薦官員。

有一次，光武帝問宋弘哪一個人算得上是博學通達之士，宋弘便推薦沛國人桓譚，說他的學問幾乎比得上揚雄及劉向父子。光武帝大喜，拜桓譚為議郎給事中，之後每次大宴群臣的時候，都讓他鼓琴助興。光武帝很喜歡靡靡之音，讓桓譚演奏的大都是這樣的音樂。宋弘

為此而十分不高興，私下裡責備桓譚說：「我之所以舉薦你，是為了讓你輔佐朝政，而不是讓你『放鄭聲而亂雅頌』。」桓譚承認了自己的錯誤。當光武帝再讓桓譚彈琴時，桓譚大失常度。光武帝詢問原因，宋弘趁機講了國君不應耽於逸樂的道理，使光武帝也明白了自己的過失。後來，光武帝再也沒有讓桓譚演奏那些靡靡之音。

在一次宮廷宴會上，光武帝坐在一架新屏風旁，屏風上畫著許多美女像，一個個楚楚動人，引得光武帝多次扭過頭去看。看到光武帝的不端舉止，宋弘便引用孔子的話對他進行勸誡：「未見好德如好色者。」

光武帝立刻下令撤去屏風，笑著對宋弘說：「聽見別人的話有道理便馬上改正，這樣還可以吧？」

宋弘回答說：「看到您能夠進德，臣不勝欣喜。」

當時，光武帝的姐姐湖陽公主新寡，光武帝想在當朝大臣中替她物色一個配偶，便與她一起談論朝廷大臣，藉機觀察她的心意。湖陽公主說：「宋

弘很有威儀，道德器度遠勝常人，群臣沒有誰能比得上他。」光武帝明白了湖陽公主的心意，便允諾道：「我會找他試試看。」

後來，光武帝單獨召見宋弘，湖陽公主則躲在屏風後面偷聽。光武帝對宋弘說：「我聽說人地位高了就要換朋友，富了就要換妻子，是這樣嗎？」對於光武帝的弦外之音，宋弘立刻就明白了，他正色回答道：「正相反，我聽說貧賤之交不可忘，糟糠之妻不下堂。」聽到宋弘的回答，再加上平素就瞭解他的為人，光武帝知道公主已不可能達到目的，便立刻轉頭對著屏風說：「事情不成了。」

雖然身分、地位變了，但宋弘並不因此而改變對妻子的感情，這種忠貞的愛情觀，體現了中華民族的優良傳統，而這種傳統在今天更應當好好發揚。

不稼不穡

【名言】

不稼不穡，胡取禾三百廛兮？不狩不獵，胡瞻爾庭有縣貆兮？彼君子兮，不素餐兮！

——《國風・魏風・伐檀》

【要義】

不稼不穡（穡音ㄙㄜˋ），耕種曰稼，收穫曰穡，稼穡在此泛指農事。胡，為什麼。廛（音ㄔㄢˊ），即「纏」，束、捆。瞻，仰望。縣，同「懸」，懸掛。貆（音ㄏㄨㄢˊ），獸名，即豬獾。

彼，即名言中之「爾」，指不勞而獲者。還有人認為，「彼」指的是那些真正的君子，

詩人用他們與貪婪的統治者作對比。素，空、白。

名言的意思是：「不耕種，不收割，為何取禾三百束？不看林，不打獵，為何獵物滿庭院？那些君子老爺啊，可不是白白吃閒飯啊！」

《伐檀》是古代的伐木奴隸在繁重的勞役過程中，為反抗奴隸主階層的殘酷壓榨而發出的憤怒吼聲。詩歌共三章，每章起首，描寫了伐木者勞動的場景：一群奴隸揮汗如雨地砍伐大樹，將木材放在河邊，清清的河水泛著浪花。詩人緊接著就毫不掩飾地向剝削者發出質問，批判他們不勞而獲。每章的最後兩句用的是反諷語氣，更增加了質問的力量。

《伐檀》共三章，迴旋重疊，反覆表現奴隸們不堪忍受剝削的思想感情；句式也很靈活，短至四字一句，長至八字一句，長短參差，便於酣暢淋漓地直抒胸臆，使人彷彿可以看到奴隸們的憤怒似熊熊火焰在燃燒。

【故事】

石崇（二四九—三〇〇年），字季倫，小名齊奴，西晉渤海南皮（今河北南皮江北）人。他的父親石苞是西晉的開國功臣，高居司徒之職。石崇是石苞的第六子，官至南中郎將、荊州刺史，領南蠻校尉，加鷹揚將軍。他在任職荊州期間，多方掠奪財物，不但治下百姓及來往客商深受其害，就連海外使者的貢物他也敢掠奪，因而富可敵國。

財物既多，石崇便恃此自傲，經常與人鬥富。《晉書》中記載著他與武帝舅、後將軍王愷比闊的史事：「愷作紫絲布步障四十里，崇作錦步障以敵之。崇塗屋以椒，愷用赤石脂。」其奢華達到了如此驚人的程度。

看到皇親王愷比不過石崇，武帝覺得自己面子上也不好看，便經常私下幫助他。有一次，武帝送給王愷一棵珊瑚樹，高二尺餘，世所罕見。王愷拿來向石崇炫耀，被石崇用鐵如意擊碎。王愷大怒，石崇則說：「不必這樣生氣，我賠給你一棵更好的。」他讓手下取來庫藏的珊瑚樹，高四尺多的有六、七棵，二尺來高的就更多了。王愷一見，自愧不如。

石崇窮極奢華，連家中的廁所也十分講究，用甲煎粉、沉香汁等香料灑在地上，有十名穿著豔麗的婢女在內伺候，上完廁所後還要換上新衣服。這樣富麗堂皇的廁所，比許多大戶人家的居室佈置得還要好。正因為這樣，還曾鬧過一個笑話。

右光祿大夫劉實到石崇家作客，當他如廁時，見那裡有一張掛著絳紋帳的精美大床，還有兩名婢女手持香囊，嚇得趕緊退了出來，並向石崇道歉說：「我不小心誤入您的內室，真對不起。」

石崇說：「那就是廁所啊！」可是，這樣豪華的廁所，劉實實在無法消受，只得另找地方解手。

石崇是一個殘暴的人，這種殘暴的性格與其急於擺闊的心理結合在一起，使他經常做出

些按常理難以想像的事情。宴飲之時，石崇常常令美人為客人勸酒，如果客人飲不盡，他便令左右將美人殺掉。一天，王導（官至丞相）與其族兄王敦（官至大將軍）到石崇家飲酒，石崇又命美人勸酒。王導不忍美人無端被殺，於是勉強將酒飲下去。王敦和石崇一樣殘忍，他故意不喝，面不改色地看著石崇接連殺死三個美人。王導實在看不下去了，便勸王敦將酒喝掉，王敦則說：「他殺他家的人，與你有什麼關係？」

石崇晚年蓄養了許多歌妓，其中一個名喚綠珠的長得十分出眾，又善於吹笛子，很得石崇的喜愛。當時正是「八王之亂」期間，八王之一的趙王倫聽說了綠珠的豔名，便派部將孫秀去奪取。石崇不願交出綠珠，卻抗不過如狼似虎的孫秀。無奈之下，綠珠跳樓而死，石崇也被捆綁起來。石崇嘆息道：「你們是貪圖我家有錢啊！」

捆綁他的人則譏諷他說：「明知錢能惹禍，為何不早散去？」最終，石崇強取豪奪累積的巨額財富為他招來了殺身之禍，他的一家老少共十五口也一同被殺害。

碩鼠碩鼠

【名言】

碩鼠碩鼠，無食我黍。三歲貫女，莫我肯顧。

——《國風・魏風・碩鼠》

【要義】

碩鼠，肥大的老鼠。三歲，三年，在此指很多年。貫，侍奉、養活。女，即「汝」，指剝削者。莫我肯顧，倒裝語句，即「莫肯顧我」。

名言的意思是：「大老鼠啊大老鼠，別再糟蹋我的黍。多年以來養活你，你卻從不顧念我。」

《碩鼠》可謂是《伐檀》的姊妹篇，都屬於中國早期的底層勞動者對統治階層的反抗呼

聲。《詩序》說：「碩鼠，刺重斂也。國人刺其君重斂，蠶食於民，不修其政，貪而畏人，若人鼠也。」所說極是。在《伐檀》之中，奴隸們所作的是尖銳的質問和強烈的諷刺，而在《碩鼠》之中，奴隸們已不堪再忍受下去，下決心別找一方「樂土」：「我已決心離開你，奔向遠方的樂土。樂土啊樂土，才是我的好去處。」

詩人把肆意侵奪、毫無人性的統治階層比作肥大的老鼠，將其醜態、惡行刻畫得入木三分。對於「樂土」的想像，顯示勞動者已經不堪忍受壓迫。當然，在當時的世界上，「樂土」是不存在的，這種企盼，只能是一種精神慰藉。

【故事】

元琛，字曇寶，鮮卑族拓跋氏，是北魏高宗文成帝拓跋浚的後代。襲封河間王，曾出任定州刺史、秦州刺史。為官期間，元琛橫徵暴斂，累積了無數的財富，錢多得沒地方花。他便像晉代的石崇一樣揮霍浪費，其奢侈程度較之石崇有過之而無不及。

元琛任定州刺史時，大肆斂財，手法之嚴苛，花樣之繁多，到了令人匪夷所思的地步。不獨是他，他的妻子是世宗高皇后的妹妹，因而恃寵驕橫，無財不貪，定州百姓深受其害。由於他們夫妻太過貪婪，連當時的太后也看不下去了。因此，當元琛自定州還朝時，太后下詔說：「琛在定州，唯不將中山宮來，自餘無所不至，何可更復敘用？」意謂元琛無物不

貪，除了定州的中山宮是無法搬走的，幾乎將那裡的地皮都給刮光了，這樣的人是無法再用的。於是，元琛被革掉了官職。

經過一番活動，元琛又被任命為秦州刺史。他沒有汲取被罷職的教訓，對秦州百姓的剝削更是變本加厲。

根據史書記載，元琛「在州聚財，百姓吁嗟」，「既總軍省（元琛當時兼任東益、南秦二州都督），求欲無厭，百姓患害，有甚狼虎」。他曾利用職權之便，派人到波斯國求得良馬十多匹。因為得來不易，他給這些馬配的是銀槽，戴的鎖環竟然是金子做的。元琛斂財方法多多，政績則絲毫沒有，終於引起朝野震怒，再次被削職。

元琛自恃財多而驕狂，平日生活奢侈到了極點。他用剝削來的錢，修建了佔地面積極大的豪華住宅。他居住的洛陽壽丘里，是王子公孫的集居之地，雕樓畫棟比比皆是，百姓稱之為「王子坊」。但是，即便在這裡，元琛的府第也是最豪華的。為了與高陽王比富，他造了一座形如皇宮徽音殿的文柏台，台旁有一座用黃金白玉鑲邊的井，打水的繩子用五色絲編織而成。文柏台中有女伎三百人，都是天姿國色。他還在後花園中建了一座迎風館，也是備極華麗。他曾對人說：「晉代的石崇是庶姓，還能夠穿用雉雞頭上的毛和狐狸腋下的皮製成的披風。我是大魏的王族，這樣的享受怎麼算得上是奢侈呢？」真是無恥至極。

為了顯示自家的富有，元琛將家中的許多奇珍異寶都擺設在廳堂之上，請宗室王侯們來

觀看。諸王在音樂伴奏下欣賞珍寶名駒，再依次觀看元琛收藏綾、羅、葛、絹的各個府庫，一個個眼熱心跳。

章武王元融本來也是家財巨萬，但一直為比不過高陽王而煩惱，現在看到元琛的家產比高陽王還多，心中既羨慕又妒忌。元琛看到元融那副失魂落魄的樣子，便格外地在他面前炫耀說：「不恨我不見石崇，恨石崇不見我。」元融回家之後，連氣帶恨，竟病倒在床三天。

北魏的統治階層中頗多蠹蟲，元琛不過是其中一個代表人物罷了。與他同時代的人物中，元暉被稱為「餓虎將軍」，盧昶被稱為「飢鷹侍中」。他們的惡行是不必詳述的，從外號即可看出其橫徵暴斂的程度。朝野中多是這樣的貪官，難怪會有《伐檀》和《碩鼠》這樣充滿怒火的詩出現，而被壓迫者所嚮往的樂土，也只能在想像中存在了。

綢繆束薪

【名言】

綢繆束薪，三星在天。今夕何夕？見此良人。

——《國風·唐風·綢繆》

【要義】

綢繆（音ㄔㄡˊ ㄇㄡˊ），捆紮。束薪，一捆捆的柴火。

三星，參星，星座名。良人，好人，指代男女皆可。

名言的意思是：「收拾好了柴火捆，參星已在東方閃爍。這是怎樣的夜晚啊，讓我見到了這個好人。」

《綢繆》營造出了一種如夢如幻的意境。在燦爛的星空下，一個小夥子收拾好了柴火捆，

一抬頭，發現心愛之人不知什麼時候來到了身邊，正在向自己微笑。正像所有大喜過望的人一樣，小夥子一時不敢相信，他連連地問自己：「這是真的嗎？這是真的嗎？」讀到這樣的詩句，讀者彷彿也置身於清涼的月光下。

【故事】

在一個小山村裡，有一個善良的年輕人，他的名字叫牛郎。牛郎的父母很早便去世了，他從小跟著哥哥嫂子生活。牛郎的嫂子是一個又小氣又苛刻的人，雖然牛郎很勤勞，心腸又好，還是經常受到嫂子的欺負。牛郎的哥哥本來對牛郎還不錯，但在妻子的挑撥下，對於牛郎也是愈來愈看不順眼。牛郎剛剛長大，哥哥便與牛郎分了家。狠心的兄嫂佔據了所有的土地和房屋，只分給了牛郎一頭老牛。

哥哥嫂子自認為佔了天大的便宜，他們不知道，這頭老牛並不是一般的牛，而是天上的金牛星變的，它因為觸犯了玉皇大帝的天條，被貶到凡間為牛。老牛看見善良的牛郎受人欺負，就決定要幫助他。

有一天，牛郎正在給老牛餵草，老牛卻突然開口說話了：「在東邊的山腳下有一個湖，每天黃昏，都會有七位仙女去那裡洗澡。只要你將其中一個人的衣裳偷走，她便無法返回天宮。這樣，她便會留下來做你的妻子。」

聽了老牛的話，牛郎將信將疑。不過，他還是來到湖邊，藏在一塊山石後面。黃昏時分，果然有七位美麗的仙女來這裡洗澡，牛郎聽到，她們互相以姐妹相稱。牛郎偷偷看去，年齡最小、被稱為「七妹」的那個仙女是最美麗的，就將她的衣服藏了起來。

仙女們洗完澡，七妹這才發現自己的衣服不見了。其他仙女都返回了天宮，七妹急得哭了起來。這時牛郎捧著衣服出現了，他按照老牛教他的話，對仙女說：「妳答應做我的妻子，我就把衣服還給妳。」仙女見牛郎是一個忠厚老實的人，便含羞答應了。

這個留下來的仙女是西王母最小的外孫女，她很擅長紡織，因此大家都稱她為織女。織女與牛郎成婚後，生了一對可愛的兒女。夫妻倆男耕女織，生活得十分美滿。唯一讓人傷心的是，那頭忠心的老牛死了，死前它告訴牛郎，在它死後，牛郎一定要保存好牛皮。將來一旦發生什麼事，這張牛皮就可派上大用場。

織女嫁給凡人的事傳到天宮後，玉皇大帝十分生氣，就派西王母下凡，把織女抓走了。牛郎回家得知情況後，急得與兩個孩子一起放聲大哭。這時，他突然想起老牛臨終前所說的話，就用擔子挑起一雙兒女，將牛皮披在身上。奇蹟出現了，牛郎竟然飛了起來，很快便追上了西王母。西王母一急之下，拔下頭上的金簪子在空中一劃，牛郎面前便出現了一條波濤洶湧的天河，把牛郎和織女分隔在兩邊。西王母說：「你們要想再相會，除非等到天河乾了的時候。」

聽了西王母的話，牛郎和兩個孩子便日夜不停地舀水，想讓天河盡快地乾掉，一家人能夠在一起。但是，天河哪裡是凡人所能舀乾的啊！看到自己的努力根本是白費力氣，牛郎和兩個孩子站在河邊大哭，織女在河的對岸也是泣不成聲。哭聲驚動了玉皇大帝，他看兩個孩子哭得很可憐，於是便鬆了口：「每年七月七日，你們一家人可以相見一次。」

於是，每年到了七夕，就會有無數的喜鵲飛上天去，搭成一座天橋，讓牛郎、織女一家人渡河相會。在七夕這天晚上一定會下雨，這就是牛郎織女重逢後喜極而泣的淚水。大概七夕這一天，每年只能見一次面的牛郎織女一定也會慨嘆「今夕何夕」吧！

言念君子

【名言】

言念君子，溫其如玉。在其板屋，亂我心曲。

——《國風・秦風・小戎》

【要義】

君子，指代詩人的丈夫。溫，溫厚。

板屋，西戎民俗以木板蓋房子，此外以板屋指代西戎。

所選名言的意思是：「想念我那遠征在外的丈夫，他像美玉一樣溫潤善良。此刻他住在西戎的小板屋，怎不令我掛肚牽腸。」

周平王五年（前七六六年），秦襄公率軍遠征西戎（今甘肅一帶），詩人的丈夫隨軍出

征。詩人為自己的丈夫而擔心，她首先指出夫君是多麼的好，這樣的人自然更加令人掛念；然後用板屋這種典型的西戎建築，含蓄地表現丈夫的出征之地與故鄉是多麼的不同，令人想到西戎的荒涼，以及征夫所受的苦難。詩人內心情緒十分激烈，體現在文字上卻是那麼的溫和，用不動聲色的文字，表達出最激烈的感情，具有震撼人心的藝術力量。「言念君子，溫其如玉。在其板屋，亂我心曲」也就成為《詩經》中的不朽名句。

【故事】

這是一個古老的傳說。在一個山村裡，有姜姓和孟姓兩戶人家比鄰而居。孟姓夫妻為人善良，與姜姓夫妻相處得很好。可惜的是，他們雖然年紀老大，卻沒有生下一男半女，這令他們很不開心，做夢都想要一個孩子。

一年春天，孟家在院牆腳下種下一棵葫蘆瓜，夫妻倆每天都給葫蘆澆水施肥。葫蘆瓜藤蔓愈來愈長，順牆攀援而上，後來竟爬過院牆，延伸到姜家院內。由於兩家關係很好，姜家並不厭煩，還給葫蘆瓜搭了一個架子。

葫蘆瓜開花了，滿架的白花，十分可愛。但奇怪的是，這麼多花兒，竟只在姜家院內結了一個葫蘆，孟家院內一個葫蘆也沒有。不過，這唯一的葫蘆長得遠遠大於一般的葫蘆，到了秋天，竟大得像一個小水缸了。更為奇怪的是，當孟氏夫婦將葫蘆摘下來，用刀剖開時，

葫蘆裡竟然是一個小女孩。因為葫蘆是長在姜家院內，孟氏夫婦就給這個小女孩起名為「孟姜女」。孟姜女一天天長大，當她變成一個美麗的大姑娘時，孟氏夫婦將她嫁給了一個淳樸、能幹的小夥子，名叫范喜良，兩人十分恩愛。

美滿的日子沒過多久，災難便降臨了。秦始皇要修長城，在全國徵發大量的役夫，范喜良也在被徵之列。小倆口依依不捨，但秦始皇的命令是不可違抗的，范喜良只得含悲上路。自他走後，孟姜女朝思暮想，希望丈夫能早日回到自己的身邊，但卻久久得不到愛人的音訊。秋風漸漸涼了，孟姜女想起，范喜良是穿著單衣走的，在北方的深秋裡，他肯定會感到寒冷。於是，孟姜女趕製了一件厚厚的棉衣，孤身一人上了路，要給丈夫千里送寒衣。

孟姜女翻山越嶺，一路打聽著向北方走去。作為一個從未出過遠門的年輕女子，孟姜女這一路所受的苦可想而知。對於自己身上的苦痛，孟姜女並不在意，只是一心牽掛著范喜良。她彷彿看到了，在陣陣寒風中，身著單衣的丈夫在瑟瑟發抖。每思及此，孟姜女的心便一陣陣絞痛。她不顧腳底磨起的血泡，加緊向北方走去，以便讓丈夫早日穿上棉衣。

歷經千辛萬苦，孟姜女終於找到了修建長城的地方。她看到了長城，看到了一群群修長城的役夫，卻很難找到自己的丈夫。孟姜女急壞了，一個人一個人地打聽，終於碰到了一個知情人。他告訴孟姜女說，范喜良已經死了，屍體就埋在剛剛修好的那堵城牆下面。孟姜女一聽此言，頓時昏死過去——長時間的企盼，一路的艱辛，竟換來了這樣的一個結果。當她

醒來之後，忍不住放聲大哭。她歷數自己對丈夫的思念，哭訴千里送寒衣的辛苦，當找到了丈夫所在的地方時，兩人竟然天人相隔，並且連屍體也見不到。她哭啊哭啊，聞者無不落淚，蒼天也為之變色。

孟姜女哭著哭著，只聽「轟隆」一聲，剛修好的城牆倒塌了，壓在下面的苦役們的屍體露了出來。孟姜女一眼便看到了范喜良的遺體。只見他雖然遍體鱗傷，但仍然面目如生，彷彿一直在等待著妻子的到來。

孟姜女與范喜良的感情很深，但像《小戒》中的那對夫婦一樣，他們也被統治者的一道政令分開。正是統治者的任意妄為，導致了孟姜女夫婦的悲慘結局。孟姜女千里尋夫的故事能夠流傳千古，顯示了普通百姓對於安定生活的渴望，然而在漫長的封建社會中，黎民百姓這種很基本的願望都是很難實現的。

蒹葭蒼蒼

【名言】

蒹葭蒼蒼，白露為霜，所謂伊人，在水一方。
溯洄從之，道阻且長，溯游從之，宛在水中央。

——《國風·秦風·蒹葭》

【要義】

蒹葭（音間佳），蘆葦。蒹，沒長穗的蘆葦；葭，初生的蘆葦。溯洄，逆流而上。

名言的意思是：「河邊蘆葦一片青蒼，夜來露水凝為白霜。我所思念的那個人兒，正在河水的那一方。逆流而上追尋她，河中石多又漫長。順流而下找尋她，彷彿在那水中央。」

《蒹葭》是《詩經》中的不朽名篇，所選名言歷來為人們所稱頌。名言起首便營造出一種

蒼涼、惆悵的氛圍：白霜滿地，蘆葦無邊。在這種情況下，詩人突然看到自己日思夜想的人，卻只能遙遙相見而不可接近，心中的那種惘然、失落是可以想見的。巧妙的是，對於這種失落的心情，詩中並沒有直接提及，而是透過對環境、事件的描寫，由字裡行間透露出來，使詩句意蘊悠長，具有極為感人的力量。

【故事】

崔護是唐代博陵人，自幼飽讀詩書，文才出眾。在一個大比之年，他充滿信心地赴京趕考。但是，命運捉弄了這個雄心萬丈的年輕人。崔護雖很有才學，但放榜之日卻名落孫山，這對他的打擊很大。此時正值清明節，傷心至極的崔護獨自一人向郊外走去，希望山野風光能驅散胸中的鬱悶。

不知不覺間，崔護已走到京城的南郊。展現在他眼前的是一片很大的桃林，桃花盛開，像一片粉紅的海洋，再加上濃郁的花香，使崔護在一時之間將科舉的失意都忘卻了。由於已走了很久，崔護感到口乾舌燥，便向前走去，希望能找到一戶人家，討碗水喝。讓崔護高興的是，在桃林的深處，果然有一個院落。

敲了幾下門，門內響起了細微的腳步聲，接著，房門輕輕地打開了。開門的是一個妙齡少女，她一露臉，便令崔護渾身一震。少女的衣著很素雅，面容清秀，眼神清澈，在桃花的

掩映下，她就像一個天外的仙女。看到這個拔俗出塵的少女，崔護一時目瞪口呆，一句話也說不出來。

面對相貌儒雅的崔護，少女也有一些羞澀，兩抹紅雲飛上了她的面頰，令其顯得更是楚楚動人。一陣沉默之後，還是少女先說話，詢問崔護的來意。崔護這才回過神來，表明自己想討碗水解渴。

少女為崔護沏了一碗茶。崔護喝著茶水，心思卻全在少女的身上。他很想對少女說點什麼，但怎麼也開不了口。一邊的少女也是坐立不安，她對眼前的這個書生很有好感，卻不敢直視他，只能偷瞥一眼。偶爾，兩個人的眼光對上了，結果羞紅了臉。茶水早就喝完了，但崔護一點也不想走，而少女似乎也很願意他在那兒坐著。兩個人都不好意思開口說話，便一起看窗外的桃花……

當崔護再次來到京城，已經是一年以後了。在這一年中，他更加刻苦地攻讀，但只要放下書本，少女的臉龐就會在面前浮現。到達京城後，崔護匆忙地安置好行李，便信步向南郊走去。到了，終於到了，還是清明節，桃花還是那麼燦爛。崔護終於又見到了那個在夢中出現了不知多少次的小院落，他奔向前去，敲響了房門。

門開了，出現在崔護面前的，是一個扶著手杖的老年男子。藉口討水喝，崔護進入房內，房間中的擺設沒有變，但崔護一再張望，始終沒有見到那個姑娘。喝完茶後，崔護忍不

住詢問老翁。老翁告訴他，自己是那個少女的父親，自去年的清明節後，女兒變得茶飯不思，在幾個月前因病去世。聽到此話，崔護整個人都呆住了。

崔護不知怎麼走出的房門，淚水止不住地往下流。整整一年來，他日思夜想與姑娘見面，怎麼也沒想到會是這樣一個結局。恍惚間，桃花叢中又出現了姑娘的笑臉，但一定神，隨風搖曳的只是桃花。極度悲痛中，崔護突然產生了寫詩的衝動。摸摸隨身攜帶的書囊，筆墨都在，崔護便在少女故居的門板上，寫下了那首流傳千古的《題都城南莊》：

去年今日此門中，人面桃花相映紅。
人面不知何處去，桃花依舊笑春風。

詩中，充分表現了詩人因愛的失落而帶來的失望、迷惘，以及種種難以言說的感受，與《蒹葭》相映成輝，同為此類題材的名篇。

彼蒼者天

【名言】

彼蒼者天，殲我良人！如可贖兮，人百其身。

——《國風・秦風・黃鳥》

【要義】

殲，殺死。良人，指子車氏之三子。

贖，在此詩中，特指以命換命。人百其身，大家甘願以百人的性命來抵換三良。名言的意思是：「蒼天啊蒼天，竟使好人遭受大難！要是我們能贖他，百條性命來抵換。」

周襄王三十一年（前六二一年），秦穆公死時，殘忍地以一百七十七人殉葬。其中就包

括「三良」，也就是子車氏的三個很有才能的兒子。秦國百姓惋惜三良等一百多人的無辜慘死，痛恨統治者的暴行，寫了《黃鳥》進行指斥。詩歌以急急飛叫的黃鳥起興，製造出一種憂急交織的氛圍，接著描寫了子車氏三子的神勇及功勞，反襯秦穆公的行為是多麼的殘忍。普通百姓無力反抗秦穆公的淫威，只能向蒼天傾訴，甚至願意以自身來替換無辜就死的國家功臣。

所選名言充滿悲憤之情，在詩歌每一章的結尾重複出現，對秦穆公及慘無人道的殉葬制度進行了憤怒的控訴。

【故事】

岳飛（一一〇三—一一四二年），字鵬舉，南宋商州湯陰（今屬河南）人。岳飛少年時便很有抱負，喜好《左氏春秋》及《孫子兵法》等書。宋徽宗宣和四年（一一二二年），岳飛應徵入伍，任下級軍官秉義郎，他英勇善戰，屢建奇功，很快便成為抗金名將。

建炎二年（一一二七年），岳飛隨河北省招討司都統制王彥北上抗金。在進軍新鄉的途中，與兵力多於自己的金軍相遇。岳飛毫

無懼色，率軍衝向敵陣，所向披靡，並勇奪金兵軍旗。金兵人心渙散，狼狽逃竄，宋軍一舉收復新鄉。第二天，岳飛再次率軍與金兵交戰，他身先士卒，受傷十餘處仍不後退，最終重創金軍。岳飛率軍夜宿於石門山下，探馬送來情報說金兵就在附近，眾將士頓時有些慌亂。岳飛則毫不慌張，料定金軍不敢夜戰，便平靜地臥床休息，使宋軍的情緒安定下來。在之後的交戰中，岳飛手執一條一丈八尺長的鐵槍，單槍匹馬衝向敵陣，刺死了金軍主將黑風大王，使金軍大敗而逃。

建炎三年（一一二九年），寇賊王善、曹成、孔彥舟等人集眾五十萬人，進攻南薰門。岳飛所率軍馬僅有八百人，但他凜然不懼，對眾人說：「我可以為諸位擊敗敵人。」於是左手挾弓，右手持矛，在敵陣中橫衝直撞。敵軍大亂，潰敗而散。岳飛又率軍在東明活捉賊首杜叔五、孫海。王善圍攻陳州，岳飛與之戰於清河，擒獲其將領孫勝、孫清，賊軍再次大敗。

建炎四年（一一三〇年），金兀朮進攻常州，百姓都到宜興避難，一些盜賊則趁勢作亂。岳飛移軍宜興，以平賊亂。盜賊郭吉聽

說岳飛前來，逃入太湖之中，岳飛派遣王貴、傅慶追擊，將之打敗，又派能言善辯的馬皋、林聚前去勸說他們全部投降。有一位名叫張威武的不肯降附，岳飛單槍匹馬衝入他的營寨，將他斬首。百姓倖免寇患，對岳飛十分感激，將岳飛的畫像供奉起來。在與進攻常州的金軍對陣時，岳飛部亦是連戰皆捷，在鎮江東、清水亭、牛頭山、龍灣等地，連破金軍，收復了建康。

紹興十年（一一四〇年），金兀朮進兵河南，岳飛坐鎮郾城，與之相持。金軍主力部隊十分厲害，先鋒是三千名身披重甲的精兵，人稱「鐵浮圖」，後面跟著騎兵，鎮守兩翼，騎兵之間用鐵索相連，號稱「拐子馬」，有一萬多騎，排山倒海般向岳家軍衝來。豈料岳飛早有準備，他命步兵手持麻紮刀伏身衝入敵陣，專砍馬腿，使金兵人仰馬翻，陣勢大亂，金兵的王牌軍就此告破。兵家軍又進抵朱仙鎮，打得金兀朮狼狽而逃。金軍聞風喪膽，哀嘆道：「撼山易，撼岳家軍難。」

一時之間，金將王鎮、崔慶、李凱、華旺等紛紛來降，鄭州、洛陽等地相繼收復。不久，另一員金國大將韓常也派人來表示，願意率部屬五萬人來降。岳飛聽罷高興地對眾將士說：「直搗黃龍府，與諸君痛飲耳！」黃龍府在今吉林農安縣，相傳是金國女真族人的發祥地。岳飛想打到黃龍府去，就是要徹底打敗金國。

但是，在當時的情況下，岳飛的理想是很難實現的。金國由於每每敗給岳家軍，便向南

宋朝廷施加壓力。當岳飛厲兵秣馬，準備繼續北上的時候，宋高宗一天之內下了十二道金牌令，要岳飛班師。岳飛難以違抗，只能悲憤地說：「十年之功，廢於一旦。」百姓見難以挽留岳飛，也是哭聲震野，許多人跟隨岳家軍到南方去了。由此，本已收復的中原諸州很快又回到了金國手中。

岳飛回到臨安後，被解除兵權，後又被誣陷入獄。秦檜叫何鑄審問岳飛，誣其有叛國之心。岳飛十分憤怒，「裂裳以背示鑄，有『精忠報國』四個大字，深入膚理」。秦檜的黨羽向岳飛施用了酷刑，岳飛也一直不肯低頭。但是，「欲加之罪，何患無辭」，紹興十一年十二月二十九日（一一四二年一月二十八日），岳飛以「莫須有」的罪名被殺害了，年僅三十九歲。他的義子岳雲、部將張憲也同時遇害。

對於岳飛的被害，南宋軍民無不悲憤。「如能贖兮，人百其身」，這既是秦國人民對秦穆公殺害三良之暴行的控訴，同時也能夠表達出南宋人民對岳飛的惋惜之情。歷史證明了一切。在杭州市西子湖畔的棲霞山上，有一座氣勢雄偉的岳王廟，廟門上的對聯是：「青山有幸埋忠骨，白鐵無辜鑄佞臣。」廟中，岳飛的飾金塑像威武雄壯，旁邊是秦檜及其妻王氏等奸賊的跪像。人們用這種方式，表達了對岳飛的愛戴和對禍國奸臣的唾罵。

豈曰無衣

【名言】

豈曰無衣？與子同袍。王於興師，修我戈矛，與子同仇！

——《國風．秦風．無衣》

【要義】

王，指秦王。於，助詞。興師，發兵打仗。秦國地處今天的陝甘一帶，經常受到外來侵犯，百姓深受其害。詩中所講到的戰爭是抵抗外侮之戰。

名言的意思是：「誰說沒有衣裳？戰袍與你共用。大王發兵抗戰，快快修好刀槍，與你齊把敵人消滅光。」

這是中華民族最古老的一首戰歌，反映了古代人民以愛國精神參加正義的衛國戰爭的思

想感情。透過士兵們共用戰袍這樣一件小事，從中可以看出戰士們被崇高的愛國精神所激勵，看到他們互幫互助的動人情景，也不難想像出戰士們同仇敵愾、誓死殺敵的決心。

所選名言氣勢磅礡，雄壯豪邁，千百年來，一直激勵著人們的愛國熱情。「同仇敵愾」一詞，即源於所選名言。

【故事】

于謙（一三九八－一四五七年），字廷壽，浙江錢塘（今杭州）人。十五歲考取秀才，二十三歲中進士。初任御史，出按江西，斷案無私，使數百件沉冤錯案得以昭雪。在轉任河南、山西巡撫時，勸課農桑，興修水利，又多次開倉賑濟百姓。正統十三年（一四四八年）他因政績斐然而被升遷為兵部右侍郎，調回京城（今北京）。

當時，蒙古經常製造邊患，蒙古族瓦剌部首領也先對明室更是虎視眈眈。正統十四年（一四四九年）七月，也先親自率兵南下大同。宦官王振不懂軍事，挾英宗親征。于謙極力反對，但沒有結果，被留下來管理京城事宜。明軍在土木堡遭到慘敗，五十萬大軍傷亡殆盡，王振被部下所殺，英宗被俘，瓦剌軍乘勢直逼北京，這就是歷史上的「土木堡之變」。

京師大為震驚，眾人都不知所措。一些人害怕了，提出了南遷的主張。于謙厲聲說道：「主張南遷的人應當斬首！京城是天下的根本，只要一動便大勢盡去，難道不見宋朝南渡的

教訓嗎？」郕王同意于謙的意見，由此留守的決議便定了下來。京師所剩兵卒不到十萬，盡為老弱病殘。于謙請郕王下令調兩京及河南的備操軍、山東和南京沿海的防倭軍、江北的北京各府的運糧軍勤王，又敦請郕王為監國（即景帝），主持朝政。由於採取的措施得力，京城人心得以安定。

十月，也先攻破紫荊關，直逼京城。石亨主張收兵守城，等待敵兵疲憊。于謙說：「何必示弱，讓敵人更加輕視我們？」馬上派遣將領，率領二十二萬軍隊，在九城門外列陣。他下達了死令：「臨陣不顧軍先退者，斬其將。軍不顧將先退者，後隊斬前隊。」此令一下，明軍人人奮勇，在與瓦剌軍先頭部隊的交戰中，明軍取得了勝利。

也先主力軍到達後，見明軍士氣高昂，很難佔到便宜，便想採用不戰而勝之計。他先指使英宗向皇太后、景帝及明朝的文武大臣各寫了一封勸降信，要朝廷派大臣去迎接英宗，並交納數以萬計的金帛。面對瓦剌的強大攻勢和誘降，景帝和一些大臣動搖了抗戰的決心，想派人與之和談。當景帝徵求于謙的意見時，于謙斬釘截鐵地說：「現在我只考慮抗戰的事，其他的事我都不願聽到。」大家見于謙的態度如此堅決，便再也沒人敢提和談的事了。

十月十三日，明軍與瓦剌軍在得勝門外展開決戰。于謙先派兵埋伏在街道兩旁的空房中，又派騎兵前去誘敵。狂妄自大的瓦剌軍果然中計，毫無防備地進入埋伏圈，明軍伏兵四起，瓦剌軍死傷無數。之後，瓦剌的主力又轉攻西直門，同樣受到重創。交戰不利，同時明

朝的各路勤王之兵將至，也先只得倉皇撤退。于謙見此情況，命令守城將士追擊，直至居庸關，得勝而還。

因于謙功高，景帝加他少保銜，總督軍務。于謙拒絕說：「當前軍務繁重，實不能以功邀賞。」景帝見于謙的住宅簡陋，又將西化門外一座豪華的庭院賞賜給他，于謙再次推辭道：「當前正是國家多難之秋，我怎能自圖安逸？」

也先敗逃後，只好通使請和，並將英宗送回。景帝封英宗為太上皇，居南宮。景泰八年（一四五七年），宦官曹吉祥趁景帝病重之機，勾結大將軍石亨等人，廢去景帝，簇擁英宗復辟。在事變過程中，于謙和大學士王文被以「謀逆」的罪名逮捕入獄。

王文不服，據理力爭，于謙則笑著說：「他們既然有意誣陷我們，爭辯又有什麼用呢？」他毫不畏懼，以詩句表明自己的心跡：「但令名節不墮地，身外區區安用求。」表現出光明磊落的胸懷。

不久，于謙便被殺害了，家也被抄了。抄家時，人們驚奇地發現，貴為兵部尚書的于謙，家中除了必需的日用品外，竟然別無長物。這位英勇抗敵的錚錚鐵漢，並沒有留下什麼外物，只有其一心衛國的精神長留人間。

伐柯伐柯

【名言】

伐柯伐柯，其則不遠。我覯之子，籩豆有踐。

——《國風．豳風．伐柯》

【要義】

柯，斧柄。則，準則、法則。覯（音ㄍㄡˋ），遇見。之子，那人。籩（音ㄅㄧㄢ），古代祭祀和宴會時盛果品的竹器。豆，古代盛肉或其他食品的木器。踐，陳列。

名言的意思是：「砍斧柄啊砍斧柄，法則就在我身旁。見到所娶美嬌娘，她把餐具擺成行。」

按我國古代的風俗，一樁婚姻要想成功，就必須經過雙方父母的同意，還要有媒人的牽線搭橋，《伐柯》正是對這種道理所作的宣揚。

詩歌的第一章寫道：「伐柯如何？匪斧不克。取妻如何？匪媒不得。」認為正像要砍斧柄就必須要有斧頭一樣，要想娶妻，就必須要有媒人的幫助。在第二章（即所選名言）中，則指出了按照這種社會法則行事的好處：在婚姻生活中，妻子會很守婦道。這種觀念在今天已不再是金科玉律，但在當時則被廣泛地接受。「伐柯」一詞，也隨著這首詩歌的流傳，成了為人做媒的代名詞。

值得注意的是，由所選名言看，《伐柯》意蘊深遠，所指絕不僅是保媒娶妻一事，而是由小及大，由近及遠，從「伐柯」、「娶妻」出發，指向蒙受教化、治理國家的大道理。從這層意思來講，所選名言又可意譯為：「砍斧柄啊砍斧柄，榜樣離我並不遠。自從見到那君了，禮儀法度得周全。」

【故事】

寇準（九六〇—一〇二三年），字平仲，北宋華州下邽（今陝西渭南東北）人，十九歲舉進士，累官至宰相。寇準為官之時，北宋處於內外交困之中，內部吏治腐敗，外有強大的遼國虎視眈眈。在這種情況下，寇準不懼權貴，力主澄清吏治，抵抗強遼。為此，他曾兩次

被罷相，但他從未曾改變過自己的主張。

淳化二年（九九一年），宋太宗問時政得失。隨從官員大都抱著明哲保身的想法，誰都不肯明言，以免得罪人，唯有官職不高的寇準挺身而出，直言不諱地揭露官員執法不公所造成的危害。他指出，一個叫做祖吉的官員違法受賄，贓少而被殺；王淮貪贓至千萬之巨，卻只受杖刑，這只是因為他是副宰相王沔的弟弟。聽了寇準的話後，宋太宗進行了認真的調查，得知寇準所言屬實，便對王沔做出了嚴厲的處罰，並將寇準升為左諫議大夫。

景德元年（一〇〇四年），遼國屢犯邊關，告急文書雪片般飛往朝廷。宋真宗召集大臣商量對策，權臣們大都驚慌失措，參知政事王欽若主張南逃金陵（今南京），陳堯叟主張避往西南的成都。唯寇準力排眾議，主張堅決抗戰，並要求真宗御駕親征。在寇準等人的陪同下，真宗親臨前線，與圍攻澶州（今河南濮陽）的遼軍正面對陣，由寇準專決軍務。將士們看到真宗御駕親征，軍心大振。經過十多天激戰，遼軍抵

擋不住，主帥蕭撻覽也中箭身死，只得請盟議和。寇準不同意議和，主張乘勝追擊，但真宗已厭倦戰爭，派曹利用赴遼營談判。

行前，真宗對曹利用說：「只要遼方的要求不超過一百萬兩，就可以答應。」寇準聽說後，將曹利用找來，警告他說：「我知道百萬這個數目是出自君敕，但你訂約時不能超過三十萬。如果超過了，定斬不饒。」最終的結果是，宋朝每年付給遼國白銀三十萬兩，這就是歷史上有名的「澶淵之盟」。

三十萬兩的歲幣加重了北宋人民的負擔，但卻使北方地區恢復了平靜，並促進了漢、契丹兩族經濟文化的交流，對北宋還是有積極作用的。「澶淵之盟」的簽訂，寇準發揮了相當重要的作用，史書對此有明確的評價：「河北罷兵，準之力也。」

忠直之士很容易受到排擠，寇準也被當時的權臣王欽若、王旦等視為眼中釘，他們多次在真宗面前說他的壞話，使他一再遭到貶黜，後竟被貶為雷州司戶參軍。但是，北宋人民對寇準則有很高的評價，呼之為「寇老」。當時流傳著這樣一句民謠：「欲得天下好，無如召寇老。」由此可見他在人民心目中的分量。

寇準是封建社會官吏的榜樣，其不畏權貴、一心為國的精神，對於今天的官員來說，也是值得學習的。

呦呦鹿鳴

【名言】

呦呦鹿鳴，食野之蘋。我有嘉賓，鼓瑟吹笙。

——《雅·小雅·鹿鳴》

【要義】

呦呦（呦音ㄧㄡ），象聲詞，鹿鳴之聲。蘋，一種野草，有說為蒿，也有說為馬帚。

嘉賓，嘉是善、美的意思，嘉賓就是所邀請的賓客。

瑟是古代的一種彈撥樂器，笙是古代的一種簧管樂器，宴會時常用之物。

這句名言的意思是：「呦呦群鹿和鳴，來吃野地的青蘋。我有佳客貴賓，彈奏音樂來助興。」

第一句巧妙地以鹿因找到好的野草而呼朋引伴起興，下一句點明題旨，並描繪主人待客時奏起音樂的歡樂場面。

《鹿鳴》是《小雅》的首篇，是周天子、諸侯和貴族宴饗群臣賓客的樂歌。全詩描繪了主人與賓客之間相互敬酒，相互讚美，歡聲笑語的熱鬧場景，音節和諧，文字優美，傳達出賓主之間其樂融融的歡愉氣氛，有些像現在的祝酒歌。這段名言經常被後人引用，意義也在原來的基礎上有所生發，尤其常被用來形容禮賢下士、求賢若渴的心情。

【故事】

漢末天下大亂，先有黃巾起義，後有諸侯割據，漢朝宗室逐漸衰微。曹操（一五五—二二〇年）是一個心懷大志的人，眼見動盪不安的政治形勢，決心積聚自己的力量，成就霸業。為避董卓之亂，他潛回家鄉陳留，一面招兵買馬，一面招攬賢人。由於曹操禮賢下士，四方有才能的人都來投奔。有人向他推薦了一位只有二十歲的年輕人，名叫郭嘉。曹操接見郭嘉的時候問他：「您剛從袁紹那裡來，聽說他招納了不少賢士，是真的嗎？」

郭嘉答道：「袁紹待人講究門第資歷，所以重用的是那些親戚子弟和門生故吏，像我這樣出身卑賤的人，他根本沒有看在眼裡。」

郭嘉所講的這種情況在當時很普遍。漢朝選拔官吏，採用的是「察舉」、「徵辟」的辦

法，就是由地方上的名門豪族推薦有德行的人，稱為「孝廉」，然後由官府加以任用。但是地方豪強為了擴張自己的勢力，都推舉自己的親朋子弟，朝廷的各級官吏幾乎都為他們壟斷甚至世襲。這樣的用人制度，只看門第，不重才能，出身好的人無須努力就能當高官，出身低微的人無論才能有多大也難有施展的機會。

郭嘉對天下形勢的精闢分析，對如何消除叛亂、成就霸業的獨特見解，讓曹操深為欽佩。他意識到，這個年輕人是真正不可多得的人才，因而沒有像袁紹那樣以門第高低論人，而是立即拜郭嘉為司空軍祭酒，而且經常與郭嘉同席而坐，並馬而行，每有重要的軍事行動都要聽取郭嘉的意見。

為了報答知遇之恩，郭嘉也盡心竭力地為曹操出謀劃策，在剿滅袁紹、平定北方的決策中發揮了重要作用。後來郭嘉在行軍途中不幸染病早逝，曹操聽說後悲痛欲絕，對手下眾人說：「咱們這些人當中，郭嘉最年輕，我想把後事託付給他，沒想到他竟先去了，這該怎麼辦啊！」赤壁兵敗，曹操痛哭著說：「如果郭嘉還在，我絕不會慘敗了！」

曹操手下有不少降將，如徐晃、張遼，都有出色的軍事才能，起先也像郭嘉那樣，明珠暗投，難以有所作為。曹操並不因他們曾是敵人而態度輕慢，反而在關鍵時候加以重用。

曹操發兵平定漢中的時候，中原空虛，為防備孫權趁機偷襲，派張遼率兵七千駐守合肥。孫權聞訊果然發兵十萬進攻合肥。張遼深知敵我兵力懸殊，不能堅守，於是趁吳兵立足

未穩，親率八百精兵於凌晨突襲孫權的營寨。他身先士卒，奮勇殺敵，直抵孫權帳前。東吳兵馬大亂，倉促迎敵。戰鬥一直打到中午，異常激烈，最終張遼以少勝多，孫權倉皇退兵。這一仗，張遼殺得江南人人心驚膽戰，聽到他的名字，連小孩都不敢夜啼。

建安十五年（二一〇年）春天，曹操頒佈《求賢令》，當中說道：「自古以來開國或中興的君主，哪一個不是依靠賢人君子的協力輔助的呢？有賢才的人不是偶然遇到的，而是要細心訪求。現在天下尚未平定，正是急需求賢的時候。」接著，他又舉了古代的許多例子，說明身懷治世之才的賢人並不一定要有所謂「孝廉」的德行，所以訪求人才，只要有實際的能力，就不要將他們埋沒，而要舉薦、任用他們。

這就是曹操很著名的「唯才是舉」的選人任人觀念。它打破了漢代以來重德行、重門第的舊觀念，大量被埋沒的人才有了施展才幹的機會，曹操門下出現了人才雲集的場面；也正是在這些賢臣良將的輔佐下，曹氏的霸業才得以開創。

曹操曾寫過一首著名的《短歌行》，詩中引用此句，表達求賢若渴的心情：

對酒當歌，人生幾何？譬如朝露，去日苦多。
慨當以慷，憂思難忘。何以解憂，唯有杜康。
青青子衿，悠悠我心。但為君故，沉吟至今。

呦呦鹿鳴，食野之蘋。我有嘉賓，鼓瑟吹笙。
明明如月，何時可輟。憂從中來，不可斷絕。
越陌度阡，枉用相存。契闊談宴，心念舊恩。
月明星稀，烏鵲南飛。繞樹三匝，何枝可依？
山不厭高，水不厭深。周公吐哺，天下歸心。

駪駪徵夫

【名言】

駪駪徵夫，每懷靡及。

——《雅・小雅・皇皇者華》

【要義】

駪駪（音ㄕㄣㄕㄣ），也作「莘莘」，眾多急行的樣子。

徵夫，被徵役之人，這裡是使者自稱。

每，常常。懷，憂慮、擔心。靡及，不及，指沒有達成使命。

這句名言的意思是：「眾多使者奔走匆忙，常常擔心有辱使命。」

《皇皇者華》是周代奔走於各國之間的使者所作的歌辭，詩中描繪了他們駕著車馬奔走不

息的勞苦，展現了當時這一階層人士的特殊生活狀態，同時又流露出他們內心的憂慮。自古以來，外交事務的成敗往往關係到各國政治勢力的消長，有時甚至會成為國家政治生活中的決定性因素，而這一切，又往往取決於負責外交事務的使者才能的優劣。詩中所刻畫的，就是中國最早一批外交家的形象。

【故事】

東漢的班超，是中國歷史上一位有膽有識的著名外交家。

班超（三三—一〇三年），字仲升，右扶風平陵（今陝西咸陽西北）人，是著名史學家、《漢書》的作者班固的弟弟。班超小時候就胸懷大志，不拘小節，然而內心孝順恭敬。因為家貧，他在家裡常做辛苦的勞動，但卻並不以為恥。班超口才很好，而且涉獵了很多書籍，富有知識。

漢永平五年（六二年），他的哥哥班固被朝廷徵召為校書郎，他跟著母親隨從哥哥遷居到洛陽。為了奉養老母，他不得已從事為官府抄書的工作，非常辛苦。有一次他停下工作，把筆狠狠扔到地上，感嘆說：「大丈夫生在世上，沒有別的志向，還是應該效法傅介子、張騫立功異域，以此獲得封侯，怎麼能長期從事於筆硯之間呢！」旁邊的人都取笑他，覺得他想入非非，不切實際。班超說：「小子怎麼能懂得壯士的志向！」於是就尋找機會參加對匈

奴的戰鬥。這就是歷史上有名的「投筆從戎」的典故。

然而機會並不是隨時可以等到，直到永平十六年（七三年）漢奉車都尉竇固奉命出擊北匈奴，朝廷才起用班超為假司馬，讓他帶兵攻擊伊吾國。班超在這次戰鬥中表現出色，斬殺和俘虜了很多敵人，開始受到朝廷的重用。

匈奴是中國北方的遊牧民族，善於騎射，自東周以來就屢次侵犯中國北部邊疆，威脅中原腹地的安全。漢朝建立以來，更是將匈奴視為心腹大患，雙方屢次交戰，互有勝負。這時候西域有一些國家，也受到匈奴的侵擾和箝制，漢朝很想聯合他們，共同對付匈奴。竇固認為班超有才幹，就派他與從事郭恂一起出使西域。

班超先到達鄯善國，鄯善王對他們非常禮敬，後來卻忽然疏遠了。班超對部下說：「你們發現鄯善王對我們的態度變化了嗎？這一定是匈奴使者來，想拉攏他，所以他才猶豫不決。」於是，班超就叫來招待他們的鄯善人，故意騙他說：「匈奴使者來了好幾天了，現在在什麼地方？」侍者很驚慌，就把全部情況都說了。

班超把侍者關起來，召集跟隨來的三十六人，一起喝酒。酒至半酣，班超慷慨激昂地對他們說：「你們跟隨我來到這個地方，都是想建立功勳，以求得富貴。現在匈奴使者才來到短短幾天，鄯善王就對我們無禮起來。如果鄯善王把我們逮起來獻給匈奴，那麼我們的屍骨就將成為豺狼的食物了。現在該怎麼辦？」

這些人藉著酒勁，也都激動起來，都說：「現在我們已經陷入危險的地方，是死是活都跟著你了！」

班超說：「不入虎穴，焉得虎子。當今之計，只有藉著夜晚黑暗，火攻匈奴使者，他們倉促之間不知道我們有多少人，肯定震驚慌亂，我們就可趁機殲滅他們。消滅了這些人，鄯善王就會嚇破膽，咱們的使命就會成功。」

有人說：「應該跟從事郭恂商量一下。」

班超發怒說：「事情成敗在此一舉，郭恂是個文人俗吏，聽到這件事一定會害怕，把秘密洩露出去。我們就算死了也沒有揚名，這不是真正的壯士所為！」

大家齊聲說：「好！」

這一夜初更天，班超率領部下奔向匈奴營地。恰好這天颳著大風，班超命令十個人帶著鼓埋伏在敵營後面，約定：「看見火起，一起敲鼓大喊。」其餘的人全部手持兵器弓弩在門口埋伏。班超就順風放火，前後鼓噪，匈奴大亂。班超親手殺死三人，部下殺了匈奴使者及其隨從三十多人，其餘還有一百多人全被燒死。第二天，班超召來鄯善王，把匈奴使者的首級給他看，鄯善王大驚失色，非常害怕。班超好言撫慰，於是鄯善就與漢朝定盟，並將王子作為人質。

班超回來覆命，竇固大喜，向皇帝報告了班超出使的功績，並要求另選人再次出使西

域。皇帝非常讚賞班超的才幹和膽識，下詔竇固說：「像班超這樣的人才擔任使者，何必不用他而另選人呢？就升任班超為軍司馬，讓他再出使西域。」班超又接受出使的任務。竇固想為他增加兵力，班超說：「原來跟從我的三十幾人就足夠了。如果發生意外，人多了反而是累贅。」

這時候于闐國王廣德剛剛攻滅了莎車國，在天山南麓稱雄，而匈奴已經先一步派使者跟他結盟。班超出發後，先到于闐，廣德對待他們禮儀很粗疏。當地的風俗崇尚巫術，巫師對廣德說：「神對您傾向漢朝非常生氣，漢朝使者有黑嘴黃毛的馬，快拿來向神獻祭。」廣德就派人向班超索求這匹馬。

班超暗地裡已經知道這件事，假裝同意，但是要讓巫師親自來取馬。不一會兒，巫師來了，班超立即將他斬首，把首級送還廣德，又責備他背信棄義。廣德聽說過班超在鄯善誅滅匈奴使者的事情，非常害怕，就殺了匈奴使者投降班超。

班超在西域待了三十一年，聯合西域各國，使他們與匈奴斷交，鞏固了漢朝的邊疆，自己年少時揚名異域的夢想也變成了現實。班超出使西域的事蹟，在中國外交史上留下了光輝燦爛的一頁。

兄弟鬩於牆

【名言】

兄弟鬩於牆，外禦其務。

——《雅·小雅·常棣》

【要義】

鬩（音ㄒㄧˋ），相互爭鬥。禦，抵禦。務，通「侮」，欺侮。

這句名言的意思是：「兄弟牆內鬧紛爭，抵禦外侮相與共。」

《常棣》一詩，是周代貴族家宴，兄弟之間互勸友愛的詩歌。周代確立中國文化的千年模式，是以家庭倫理關係為本位，而由此推及一切社會道德規範和國家意識形態。兄弟之間的關係是其中的一個重要方面。這首詩將兄弟之情與其他的情誼做對比，意在揭示血濃於水的

道理。拋開當時的封建色彩，注重兄弟之間的友愛團結，時至今日，仍是我們賴以維護家庭倫理和諧的傳統美德，也是社會道德建設的一個重要部分。因此，這首詩今天讀來，仍然具有現實意義。

所引名言，用一種對比的方式，來揭示兄弟之情的重要：親兄弟之間也會有爭鬥的時候，但是當有外來的敵人侵犯共同的利益時，他們就會放下相互之間的衝突，團結起來，一致對外。和我們共同的利益相比較，個人的私利又算得了什麼？透過這種對比，很清楚地說明了團結的重要，不僅是兄弟之間，對一個社會、一個國家來說，道理不也是一樣的嗎？

【故事】

漢獻帝建安二十五年（二二〇年），魏王曹操病逝，按照遺囑，王世子曹丕（一八七—二二六年）繼承王位，受到大臣們的擁戴。但是曹丕一母同胞的弟弟曹植（一九二—二三二年）卻很不服氣。原來曹植少年聰慧，才思敏捷，曾經深得曹操歡心，有意立他為世子。但是中國自古以來就有長子繼承的制度，如果不立長子，很可能造成政局的不穩定，所以大臣們極力勸諫，曹操為大局著想，才立曹丕為世子。

但是曹植一直很不服氣這位兄長，因此聽到曹丕繼承王位的消息後，感到非常不滿，日夜與賓客飲酒發牢騷，也不去奔喪。曹丕派人來問罪，曹植不理會，賓客們對來使辱罵說：

「我們的主公聰明蓋世，應該繼承大位，現在王位卻被別人奪去了，你們真是有眼無珠！」

曹丕聽了使臣的回報，非常生氣，就派兵把曹植及其賓客都抓了起來，先將出言不遜的賓客砍了頭。有臣下勸曹丕把曹植也殺掉，以免除後患，但是畢竟是自己的親弟弟，曹丕不忍加害。於是有人進言：「曹植很有智慧，不會甘居人下。如果不除掉他，恐怕會有後患。人人都說曹植出口成章，我們都很懷疑。您可以召他來，試試他的才華。如果名不副實，殺他就師出有名；如果他真有才華，就免他死罪，貶他的官職。」曹丕聽從這個建議，就命人將曹植召來。

曹植知道自己犯了大罪，非常惶恐，向哥哥請罪。曹丕對他說：「我們雖然是親兄弟，但是按規矩也是君臣，你怎麼能自恃才高而蔑視禮法呢？父親生前，你常常把文章向別人誇耀，我懷疑是請人代筆的。我今天限你七步之內吟詩一首，如果完成，就免你一死；如果不能，就要從重治罪，絕不姑息！」曹植領命，在大殿上邊走邊沉吟，七步而詩成。詩曰：

煮豆燃豆萁，豆在釜中泣。
本是同根生，相煎何太急！

詩中以物喻人，切合當時的情景，曹丕聽了，禁不住潸然淚下，就赦免了曹植，貶為安鄉侯。

後來曹丕代漢稱帝，感念兄弟之情，多次加封曹植的爵位和食邑。魏文帝黃初三年（二二二年），曹丕立曹植為鄄城（今屬山東）王，食邑兩千五百戶。四年，改封雍丘（今河南杞縣）王。六年，曹丕率軍東征，回來時路過雍丘，特意到曹植的官舍探望，並為他增加食邑五百戶。

三國鼎立的時代，魏國西南有蜀漢，東南有孫吳，兩國聯合，經常出兵侵擾魏國邊境。曹植對自己以往的過失深為悔恨，希望能夠有所作為，加以彌補。他多次上書說：「我蒙受國家的大恩已經很長時間了。我自知無德無功，愧對現在的職位。現在蜀國和吳國屢屢犯邊，我不自量力，希望能為國家效力，帶兵抵禦外敵。我一定身先士卒，不顧性命，即使不能生擒孫權，除掉諸葛亮，也定要逮住他們的大將，殲滅他們的士兵。即使死在敵人手中，也要以小小的勝果來消除一生的慚愧。」

曹植死後，魏明帝下詔說：「陳思王（曹植的最後封爵）從前雖然犯有過失，但他不僅能夠克制自己，謹慎行事，注意彌補以前的過錯，而且終生喜歡讀書，手不釋卷，實屬難能。詔令即刻將黃初年間奏告他罪狀的奏疏收集起來一併銷毀，編集他一生的著述共計一百餘篇，藏於朝廷內外。」

曹丕與曹植雖然為了權勢曾經互相爭鬥過，但是在抵禦外敵的關鍵時刻，還是站在了同陣線。血濃於水，手足親情往往在最需要的時候顯示出它的力量。

相彼鳥矣

【名言】

相彼鳥矣，猶求友聲。矧伊人矣，不求友生？

——《雅．小雅．伐木》

【要義】

相，發語詞，無實義。矧（音ㄕㄣˇ），況且。伊、生，均為語氣助詞，無實義。意思是：「那些遷走的鳥兒，尚不忘懷幽谷中的同類。何況是人，為什麼不去追求美好的友情呢？」引喻類比，是《詩經》中常用的手法。此句前面還有一番對小鳥呼朋引伴情景的描繪：「伐木丁丁，鳥鳴嚶嚶。出自幽谷，遷於喬木。嚶其鳴矣，求其友聲。」由伐木而聽到鳥兒的和鳴，繼而引出人間的朋友之誼，構思巧妙；更兼疊音擬聲，音律清揚，詩節對仗，節奏

和諧，雖然是幾千年前的詩歌，今人讀來也有清泉流水般的舒暢之感。《伐木》一篇，所要表達的就是對於友情的嚮往與追求。

從以上所引名言看來，詩人將「求友」作為人生來的天性，無異於往還在幽谷與喬木之間的飛鳥。同聲相和，同氣相求，能有生死相依的友情，人生旅途也會少一分寂寞與孤獨，多一分歡樂和慰藉吧。時代在變遷，人們「求友」的天性卻沒有變，今天的人們仍在歌唱著：友誼地久天長。

【故事】

東漢人范式，字巨卿，山陽金鄉（今山東嘉祥南）人。年輕的時候，他來到京城的太學讀書。當時有很多來自四面八方的學子聚集在太學，一起學習各種典籍，在這些同學中，范式結交了一個好朋友叫張劭。張劭字元伯，是汝南郡（今屬河南）人。兩個人一起求學，在生活上互相照顧，在學業上互相勉勵，意氣相投，結成生死之交。

時光匆匆，在太學讀書的日子接近尾聲，兩人完成學業，馬上就要各自返回家鄉。范式對張劭說：「過兩年我去你家探望你，拜訪你的父母，看看你的孩子。」約定好見面的日期，兩個好朋友這才揮淚而別。

轉眼之間，兩年之約將要到了，張劭把這件事告訴母親，請她準備飲食等候范式來訪。

母親不以為然，對張劭說：「你們分別都已經兩年了，他早把你忘了。況且千里之外許下的諾言，怎麼能當真呢？」張劭笑著說：「我與范式是生死之交，很瞭解他，知道他是個信守諾言的人，一定不會背約的。」母親雖然心裡仍不怎麼相信，但還是說：「既然是這樣，我就去給你們釀酒，等著他到來。」

到了約定的那一天，范式果然不遠千里，如約而至。他進來拜見了張劭的母親，讓老人家很感意外，同時也真正明白了兒子沒有看錯人。

范式與張劭一邊喝著張劭母親親自釀的酒，做的菜餚，一邊快樂地談著別後的經歷，如同在太學的時候一樣融洽。盤桓了數日，終於又到了分手的時候了，像上次一樣，他們約好了再見的時間，范式才依依惜別。

還沒有等到再次約定的日期，張劭突然生病臥床，病情十分嚴重。同郡人郅君章、殷子徵早晚都來看護他。張劭臨死，感嘆說：「我唯一遺憾的是不能見到我的『死友』啊！」殷子徵說：「我和郅君章盡心地對待你，這不是『死友』，還有誰是『死友』呢？」

張劭說：「你們二位，都是我的『生友』，山陽的范巨卿，才是我的『死友』啊。」說完，張劭帶著遺憾鬱鬱而終。張劭所說的「死友」，指的是那種生死不渝的好友，跟一般的「生友」有深淺的區別。

范式在家中，忽然夢見張劭到來，戴著黑禮帽，帽簷上掛著飄帶，拖著鞋子匆匆忙忙地

向他呼喊：「巨卿，我已經死了，就要下葬，永歸黃泉了。我知道你沒有忘記我，真希望能來得及見最後一面啊。」范式從夢中驚醒，悲嘆流淚，立刻穿上喪服，快馬加鞭朝張劭家趕來。

范式還沒有趕到，張劭的靈柩已經發引了。到了墓地，將要落柩下葬，棺材卻不肯進入墓穴。張劭的母親撫摩著棺材說：「元伯，難道你還要等候誰嗎？」就讓人停下棺材等候。過了一會兒，只見遠處來了一輛白色的車，駕著白馬，車中的人號啕大哭。張劭的母親遠遠望見，說：「這一定是范式到了。」果然，范式穿著喪服從車中下來，向著張劭的靈柩叩首，一邊哭道：「你走了，元伯！只可恨生死殊途，再也無法與你相伴了！」哀痛得難以自制。當時送葬的有一千多人，看到這個情景都不禁唏噓流淚。范式親手拉著繩子引柩，棺材這時才往前移動。安葬完畢，別人都走了，范式卻留下來，將墳土壘好，在墓地周圍種上松柏，這才離開。

這是一則具有傳奇色彩的故事，范式和張劭之間那種生死不渝的友情，即便千古之後，仍是真摯感人。儘管兩人相距千里，分別日久，友誼卻未曾減損半分；縱然陰陽相隔，情誼並未因此斷絕。生活在今天的人們，社會交往雖然日趨複雜化，但是對於友情的需要和珍視，與范式和張劭所生活的時代並沒有兩樣。

昔我往矣

【名言】

昔我往矣，楊柳依依。今我來思，雨雪霏霏。

——《雅·小雅·采薇》

【要義】

這是《詩經》中最為人所稱道的名句。依依，形容楊柳茂盛而且隨風飄拂的樣子。思，語氣詞。雨，這裡是動詞，落、降的意思。霏霏，形容雪花紛紛飄落的樣子。

這句名言的意思是：「當年我離開的時候，繁茂的楊柳隨風飄拂；現在我歸來了，迎接我的卻是漫天的雪花。」

《采薇》是一首描寫戰士凱旋的詩，然而作者並沒有去渲染勝利的喜悅，而是透過今昔的

對比，表達了一種悵然若失的惆悵心境，從而超越了事情本身而昇華為對人生意義的一種拷問。別具藝術特色的是，作者將這種情感投射到客觀景物的描繪上，使得抽象朦朧的內心世界變得具體可感了。從「楊柳依依」到「雨雪霏霏」，我們似乎看到一顆溫暖活躍的心，在從昔至今的一段生命歷程中是如何慢慢變得淒冷與無奈的。

【故事】

李商隱是晚唐著名詩人，他的一生是在漂泊、追求與迷惘中度過的，他的那些千古不朽的詩作正是這種人生體驗的結晶。

李商隱（八一三—八五八年），字義山，號玉谿生、樊南生，懷州河內（今河南沁陽）人。他出生時，父親在外地做官，家庭很不穩定，總是隨著父親的官職改變而遷徙，一會是在河南境內，一會又到了浙江。這使得小小年紀的李商隱過早嘗到了漂泊的滋味。他後來在文章中談到，「四海無可歸之地，九族無可倚之親。」一直到他九歲的時候，父親病逝，他才與母親扶柩回到了當時在鄭州的家裡，這個時候他才可以安心地誦讀詩書，學習古文寫作。

唐朝非常重視詩歌創作，很多人憑藉詩獲取功名。在這樣的環境影響下，李商隱從小就學習寫詩，而且表現出出眾的才華。但是自從父親死後，家裡的境況非常艱難，李商隱希望能夠得到朝中人士的提攜，以便能夠發揮自己的才能，贏得好的前程。

文宗太和三年（八二九年），李商隱十七歲時，當時任天平軍節度使的令狐楚，非常欣賞李商隱的文才，請他到幕府裡做巡官。李商隱得到邀請非常高興，認為這是一個好機會，於是欣然前往。然而，後來發生的事情說明，這只是李商隱漂泊命運的真正開始。

在令狐楚的幕中，賓主之間的關係非常融洽，經常詩歌唱和。令狐楚還教他與其子令狐綯（綯音ㄊㄠˊ）一起學習今體文（即當時通行的講究對偶辭藻的四六駢文），並親加指點。李商隱對令狐楚的指點非常感激，認為得到這種指教勝過得到功名。轉眼到了太和六年（八三二年），李商隱二十歲了，令狐楚為他置辦了行裝，讓他到京城去應考。但是由於不被考官賞識，這次沒有考上。直到開成二年（八三七年），他二十五歲的時候，再次上京應考。這時候令狐楚父子都在朝中為官，而且令狐綯與主考官高鍇關係不錯。考試之前高鍇就問令狐綯：「你的朋友中，誰和你最要好？」令狐綯連說了三次「李商隱」。這次李商隱考中了進士，但是同年秋天令狐楚病逝，李商隱受知於令狐楚的一段生活也隨之結束。

第二年，當時任涇原節度使的王茂元，愛惜他的才華，聘請他去，還把女兒嫁給他。從小漂泊的李商隱，這時候終於有了自己的家，也有了功名，似乎光明的前途就在不遠處向他招手。然而命運總是變幻難測的，就在李商隱對前途充滿希望的時候，卻遭受了一連串的打擊。

當時朝廷規定，考中進士的人，還要經過吏部的考試，才能授予官職。按照這種程序，

李商隱去參加了吏部考試，兩位主考官已經錄取了他，但是在向中書省呈報的時候，不知什麼原因，有個中書長者說：「此人不堪。」把他的名字塗去了。這一筆，斷送了李商隱的政治前途。

李商隱多次向令狐綯陳情，但是這位往日一同讀書的好友卻根本不理他。為什麼會這樣呢？原來李商隱不自覺地陷入了晚唐朝廷黑暗的政治爭鬥中。當時朝中有兩派勢力，分別被稱為「牛黨」和「李黨」，由於政見不同，互相排斥，勢同水火。令狐父子屬於牛黨，王茂元屬於李黨。李商隱受知於令狐楚，自然被認為是牛黨中人，然而他又做了李黨人士王茂元的女婿，這種行為被令狐綯視為背叛，出於褊狹的黨派心理，令狐綯對他棄之不顧。事實上，李商隱對令狐楚和王茂元的知遇之恩始終

充滿了感激之情，一點也沒有料到自己竟然成為黨派爭鬥下的犧牲品。

此後李商隱的生活又回到童年時代那種顛沛流離的境況中。為了謀生，他不斷接受各地的邀請去擔任位置低微的幕僚，足跡遍及河南、山西、陝西、湖北、湖南、四川、廣西，這種生活，用他自己在詩中形容的那樣，像一棵在風中搖擺的蓬草。其間，岳父王茂元、妻子工氏相繼死去，給他在精神上沉痛的打擊。唐宣宗大中十二年（八五八年），李商隱在孤獨中離開這讓他惆悵無奈的人世，年僅四十五歲。

李商隱留下了許多辭采華麗而格調淒婉的詩篇，記錄了他從夢想到幻滅的人生歷程，晚年所作的《錦瑟》一詩，是他對這一生的總結：

錦瑟無端五十弦，一弦一柱思華年。
莊生曉夢迷蝴蝶，望帝春心託杜鵑。
滄海月明珠有淚，藍田日暖玉生煙。
此情可待成追憶，只是當時已惘然。

湛湛露斯

【名言】

湛湛露斯，匪陽不晞。厭厭夜飲，不醉無歸。

——《雅·小雅·湛露》

【要義】

湛湛（湛音ㄓㄢˋ），形容露水晶瑩而繁盛的樣子。斯，語助詞，無實義。匪，同「非」，不。陽，日出。晞（音ㄒㄧ），曬乾。厭厭，安樂的樣子。

這句名言的意思是：「露水晶瑩，日出而乾。夜間開懷暢飲，不醉不回家。」

《湛露》一篇是周代貴族宴飲時的祝頌之辭。引句以夜晚晶瑩的露珠起興，轉出主人勸酒的話語，從中似乎能夠窺見晚宴時開懷熱烈的氣氛。酒文化在中國源遠流長，相傳在堯舜的

時候已經發明製酒的方法。《詩經》中描述宴會飲酒的詩篇屢見不鮮，可見飲酒在周人的日常生活中已成為重要的一部分。如果從酒與文學之間的關係來審視中國傳統文化，就會發現一種有趣的現象：酒有時候成為觸發文學靈感的媒介，飲酒不再是一種單純的活動，而成為人們某種人生態度的體現。這種現象為我們考察我國久遠的歷史文化提供了一種獨特的角度。

【故事】

魏晉時候，戰亂頻仍，即使朝廷內部也是黨派對立，政變不斷。尤其是文人的境遇更是悲慘，動輒遭到殺戮，即便有抱負有才華的人也得不到施展的機會。於是很多名士遁隱山林，以詩酒自傲，形成歷史上獨特的魏晉風度。這些名士當中最著名的是被稱為「竹林七賢」的七人，因為經常在竹林邊聚飲清談而得名，阮籍就是其中最有代表性的一位。

阮籍（二一〇—二六三年），字嗣宗，陳留尉氏（今河南開封）人。他容貌魁偉，志向遠大，放蕩不羈，博覽群書，尤其喜歡讀《老》、《莊》，也善於作詩彈琴。此外還有一大愛好，就是特別喜歡喝酒。他的一生，可以說與酒相伴始終。不過，他可不是尋常的酒徒，他只是把酒作為逃避政治迫害、張揚自己個性的手段。

阮籍本來有經國濟世的大志，但是恰逢魏晉交替的年代，國家多變亂，政治十分黑暗，

即使有志向也得不到發揮，而且還常有性命之憂。他很明智地不去當官，即使被逼當了幾個小官，也都是沒過幾天就辭職不做了。不過因為才名高，當政者都想方設法網羅他，於是他就想出了一個絕妙的推辭辦法——醉酒。

司馬昭想與阮籍結為親家，藉以籠絡他，但是去求親的時候，卻碰到阮籍大醉，不省人事，自然無法提起結親的事。下次再去，阮籍仍是沉醉不醒。三番五次均是如此，只好作罷。阮籍這一醉，據說皆睡了整整六十天。

鍾會當時是司馬氏集團的寵臣，為人器量狹小，喜歡找別人小岔子加以構陷，竹林名士中的嵇康就是被他的讒言所害。他對阮籍也不放過，經常來向阮籍詢問對國家政事的意見，阮籍仍是還他一個大醉不醒，鍾會也無可奈何。只要沒什麼危險，阮籍還是經常到大將軍司馬昭府中走動，不過目的只有一個，那裡有美酒可喝。所以大將軍府中凡是有宴會，總也少不了他的身影。

他唯一一次主動請求擔任的官職是步兵校尉，原因是聽說步兵營廚房有人善於釀酒，藏有美酒三百斛。有一次差點因貪酒誤事：當時司馬昭辭讓魏帝加封九錫，司馬氏的黨羽要勸說司馬昭接受，讓阮籍寫勸進表。眾人將到大將軍府中的時候，派人去取表，卻看見阮籍正趴在案上醉眠。使者叫醒他一問，早把這事忘得一乾二淨。幸虧阮籍文思敏捷，就在案上提筆書寫，一揮而就，不加刪改，而且文辭清麗雄壯，被時人推重。

阮籍行事，不遵從禮教，但天性至純。母親去世的時候，他正跟別人下棋，對手得知噩耗，要求停止不下，阮籍卻留他一決勝負。下完後，他喝了一斗酒，放聲大哭，吐了幾升血。到了入殮的時候，他又喝了二斗酒，大哭一聲，吐血數斗。守孝期間也常以飲酒來麻醉自己的痛苦，以至於哀傷過度，形銷骨立。當時的禮教對於孝道是非常重視的，有很繁瑣的規定，守孝期間不能飲酒就是其中的戒條，弄得很形式化，是否孝順難辨真假。而阮籍全憑真性情，不拘禮法，因此不為世俗所能理解。

阮籍鄰居家的年輕主婦很漂亮，當壚賣酒，阮籍常去買酒喝，醉了就睡在少婦身旁，不避嫌疑。少婦的丈夫暗中探察，發現阮籍沒有絲毫越禮的行為，也就坦然不疑，任其往來。阮籍就是這樣，外表放蕩而內心純潔無瑕，即使酒色也不能亂其天性。

酒對於阮籍來說，是避禍的良方，是解痛的靈藥，也是在黑暗時世虛偽禮教的壓制下無奈的選擇，他的《詠懷》詩中道出了胸中的塊壘：

一日復一夕，一夕復一朝。顏色改平常，精神自消損。
胸中懷湯火，變化故相招。萬事無窮極，知謀苦不饒。
但恐須臾間，魂氣隨風飄。終身履薄冰，誰知我心焦！

他山之石

【名言】

他山之石，可以攻玉。

——《雅・小雅・鶴鳴》

【要義】

字面的意思是：「別的山上的石頭，可以用來琢磨玉器。」用來比喻別處的賢才，也可以為我所用，並能獲得不尋常的效果。攻，這裡指琢磨、打磨。

這一名言已經成為廣為流傳的成語。全詩的寓意也就是諷詠周代的統治者要不拘一格地招賢納士，不要埋沒人才。這裡突出強調了選拔人才不要為狹窄的眼光所侷限，這一點對今天的從政者仍然具有借鑑之處。

【故事】

十三世紀，元世祖忽必烈（一二一五—一二九四年）繼承成吉思汗的事業，建立了歷史上迄今為止疆域最遼闊的大帝國。之所以能夠成就這樣的千古偉業，跟他在選賢任能上的恢弘氣度有著直接的關係。

蒙古部落原本是生活在蒙古高原上的遊牧民族，十三世紀初在傑出的領袖鐵木真的領導下，開始了一連串的軍事擴張行動。到了鐵木真的孫子忽必烈馳騁疆場的時代，蒙古帝國的疆域已經橫跨亞、歐兩大洲。如何治理這樣遼闊的國土，使蒙古政權能夠在被征服的領土上鞏固下來，成為統治者最關注的問題。

忽必烈所率領的軍隊，主要征服目標是偏安於中國南部的漢族政權——南宋小朝廷。這是一個雖然政治和軍事上已經腐朽不堪，但卻具有根深蒂固的文化傳統的國家。在這樣一片土地上進行異族的征服和統治，其策略必然是複雜的。忽必烈所採用的方式，是大量吸收漢族人才參與政府決策，歷史證明，這的確是行之有效的辦法。

忽必烈雖然是軍事統帥，卻不是一個莽夫，他對中原的文化非常熟悉，非常尊重漢族知識分子。當時，很多有才學的漢族知識分子為了躲避戰亂，都蟄居在偏僻的地方，其中姚樞就是一位飽學的隱士。忽必烈率兵到了中原，首先派人把他請來，很謙虛地向他請教治國的

道理。姚樞本來就很有政治才能，只是生逢亂世一直沒有施展才華的機會，見忽必烈如此禮賢下士，也就毫不保留，當即寫出數千言，陳述自己的治國方略，其中包括三十條針對時弊的意見，每一條都有具體的實施措施，詳細備至。

忽必烈非常高興，把姚樞當老師對待，每有重要事情都詢問他的意見。淳祐十一年（一二五一年）夏，忽必烈征討大理，姚樞隨軍出征。姚樞看到蒙古軍隊殺伐太重，不利於安撫民心。

在一次晚宴上向忽必烈講起宋太祖派曹彬攻取南唐時，不殺一人、市不易肆的故事。第二天行軍，忽必烈坐在馬鞍上大聲說：「你昨天晚上所說曹彬不殺一人的故事，我也能做到！」於是，當軍隊抵達大理城下，忽必烈就命人製作旗子，上面寫著禁止殺人的命令，果然民心安定，很順利地征服了大理國。

中統四年（一二六三年），已經當上皇帝的忽必烈任命姚樞為中書左丞相。姚樞在任，知人善任，提出了很多正確的建議。他汲取歷史教訓，向忽必烈建議取消分封諸侯的政策，改設牧守的職位，以便於加強中央對地方的控制，鞏固了中央集權的統治。至元十年（一二七三年），忽必烈又拜姚樞為昭文館大學士，詳細審定禮儀之事。這一年元軍攻下襄陽，忽必烈召集文武大臣商討攻伐南宋，姚樞推薦右丞相安童、知樞密院伯顏為南下統帥，忽必烈採用了他的建議，果然很快就打垮了南宋的抵抗勢力，統一了中國。

劉秉忠也是一位受到忽必烈重用的漢臣。劉秉忠自幼聰明好學，每天記誦數百言，過目不忘。而且涉獵範圍非常廣泛，天文、地理、律曆、卜算都很精通。他的父親曾經在蒙古為官，按照當時定例，凡是在蒙古貴族領地做官的漢人，都必須以兒子做人質，所以他十三歲的時候就被質於帥府，做一些抄寫工作。但是劉秉忠是一個有才學而胸懷大志的人，不甘於默默無聞，就逃到武安山隱居起來，後來還剃度為僧，繼續讀書學習，等待出仕的時機。

元太宗元年（一二四二年），忽必烈路過劉秉忠隱居的寺廟，聽說了他的才名，就邀請他同行。他覺得這是一次好機會，就應邀前往。忽必烈多次召見他討論天下大事，劉秉忠侃侃而談，受到忽必烈的重視。從此幾十年不離忽必烈左右，參與各種大計方針的決策，使自己的才幹得以充分發揮。

元憲宗元年（一二五一年）開始，忽必烈開始管理漠南漢地，他任用劉秉忠實行「漢法」，剔除貪官污吏，興利除害，招撫流民，實行屯田，興修水利，勸課農桑，保護儒士，建置學校，這些措施很有成效，以至於忽必烈雖為文化發展落後的蒙古統治者，卻因此獲得了「中土之心」，為進一步統一中國奠定了基礎。忽必烈當上蒙古大汗後，根據劉秉忠的建議，廢除蒙古國號，取《易經》中「乾元」之義，改國號為「元」。

至元九年（一二七二年），忽必烈又採納劉秉忠建議，定都中都，改稱大都，也就是現在的北京。元朝的時候，大都成為世界上最輝煌的政治、文化和商業中心，此後中國歷代統

治者都把北京作為首都，直到今天。劉秉忠還向忽必烈推薦許多有才學的漢族人士擔任官職，如張文謙、許衡等人，都受他的推薦擔任高級職務，而且均成為一代名臣。他本人被任命為光祿大夫、太保、參領中書省事，位居百官之首，但是依然齋居素食，生活簡樸，勤於政事。

世界史上也曾有過一些雄才大略的君主，建立了龐大的帝國，比如馬其頓的亞歷山大、法蘭克的查里曼，但是隨著他們的去世，帝國馬上就解體分裂了。然而元朝的統治卻維持了一百多年，這不能不歸功於忽必烈善於取他山之石以攻玉的遠見卓識。不過，元朝的後繼者卻推行了一連串民族歧視政策，在選人用人問題上開始保守閉塞，導致民族衝突的激化，蒙古人又被驅逐回大草原，從成吉思汗到忽必烈的赫赫戰功，終又化為泡影。

燎之方揚

【名言】

燎之方揚，寧或滅之？赫赫宗周，褒姒滅之！

——《雅·小雅·正月》

【要義】

燎，山野之火；放火燒草木叫燎。揚，熾盛。寧，豈、怎麼。

這句名言的意思是：「山野的烈火燒得正旺，豈能輕易撲滅它？威勢赫赫的周王朝，卻會被褒姒滅掉。」

稍知歷史的人都聽說過周幽王「烽火戲諸侯」的故事，這位亡國之君真是昏庸到了極點，為了博得美女一笑，竟將國家大事視為兒戲，終於失信於諸侯，西周數百年的基業到了

這個昏君的手裡被徹底地葬送了。《正月》這首詩諷詠的就是這件事情。不過在男尊女卑的時代，往往把昏君亡國的過錯推到女人身上，這當然非常不公平。然而歷史的發展卻常常有驚人的相似之處，歷史上不知有多少個亡國之君背後閃現著一個美麗的身影，銘刻著荒淫墮落的痕跡。

【故事】

南北朝的時候，陳是南朝最後一個政權，五五七年由陳霸先建立，到五八二年陳叔寶即位的時候，陳朝已經是偏安江南、地域狹小的國家了。陳叔寶（五五三—六〇四年），字元秀，是陳宣帝的嫡長子，按古代君主世襲制度登上皇位，因為他是陳朝的最後一位皇帝，史稱陳後主。

陳後主登基的時候剛好三十歲，按說正是年富力強，有所作為的時候，可是這位皇帝不學周武王，偏偏要做周幽王。當皇太子的時候還受很多限制，一朝坐上龍廷，成為萬萬人之上的國君，也就肆無忌憚地放縱起來。

他首先想到的不是關心政事，體恤民情，而是大建宮室。他下令徵用大量勞工，建造了臨春、結綺、望仙三座樓閣，高達數十丈，而且材料多用名貴的香木，裝飾著無數珠寶，這是自東晉以來不曾有過的侈靡的建築物。這樣巨大的開支，全是從老百姓身上搜刮來的。他

巧立名目，向老百姓徵收各種苛捐雜稅，還設置了嚴酷的刑罰，一旦交不出捐稅，就被投入大牢，以至於牢獄中常常人滿為患。

陳後主倒是很有些文學才華，特別喜歡寫詩作賦，跟妃子、大臣們一起遊宴，每次都要作詩贈答。因為他並不關心現實，所作的詩內容空洞，多是對宮廷裡糜爛生活的描繪，文字特別雕飾，風格豔麗。他還將一些特別豔麗的詩譜成曲子，演奏傳唱，其中有名的是《玉樹後庭花》、《臨春樂》等。

後主特別寵愛貴妃張麗華。張貴妃非常美貌，她的頭髮長有五尺，又密又黑，光澤可以照人。她的舉止從容優雅，眼睛特別有神采，顧盼之間，好像光芒映照在周圍的人身上一樣。有一次她在閣上梳妝打扮，靠在欄杆旁，遠遠地望上去，簡直就像飄逸的仙女。不僅如此，張貴妃還很聰慧：她口才出眾，記憶力驚人，而且善於察言觀色，迎合皇帝的心意；對於後宮中的其他嬪妃宮女，她不僅不嫉妒，而且將她們舉薦給後主，因此她們都感恩戴德，都說她的好話。不過，張貴妃特別迷信鬼神，在宮中舉行不合禮制的祭祀，招來許多巫婆，讓她們擊鼓跳舞，並且讓後主也迷信這一套。

後主本來就貪戀美色，像張貴妃這樣既美麗又聰明的佳人，自然讓他忘乎所以了。本來政務早就荒廢，現在乾脆不理朝政，整日只知道在內宮與貴妃飲酒作詩，百官們啟奏政事，都是透過宦官蔡脫兒、李善度入內請示。後主把張貴妃抱在膝上，一起決定處理意見，視國

家大事如同兒戲。對於後主的話，蔡、李兩人有時候不能記錄下來，張貴妃就為他們逐條分析陳說，居然沒有遺漏。後主見她如此聰慧，愈發寵愛她了，對她無不言聽計從。

慢慢地，張貴妃利用後主對自己的寵愛，開始插手政事。有些奸佞之人，都來巴結討好她，這些人如果觸犯刑律，都來向張貴妃求情，她就讓蔡脫兒、李善度啟奏這些事情，然後藉機向後主求情，後主自然是無不相從。對於那些不服從自己的朝中大臣，她就向後主進獻讒言，故意誹謗他們，這些話後主也是完全相信，把那些忠良的賢臣都治了罪，投入牢獄。漸漸地，朝中敢說真話的人愈來愈少，大臣們都隨風倒，巴結張貴妃。宦官和佞臣內外勾結，互相吹捧提攜，公開進行賄賂，賞罰不公，法紀混亂，把一個本就衰弱的王朝更是搞得天怒人怨，眾叛親離。

這時北方隋朝已代周而興，統一了北方，隋文帝楊堅看到陳朝如此情況，知道南下統一中國的

時機已經成熟，於是大舉攻陳，所到之處無不望風而降。然而後主還自恃長江天險，不以為意，直到隋軍兵臨城下，還仍舊與張貴妃在一起飲酒賦詩取樂。

禎明三年（五八九年）正月，隋軍在大霧中渡過長江，攻破陳國首都建康（今南京）。陳後主正在金鑾殿上坐朝，消息傳來，宮內頓時大亂，後主不知所措，拉著張貴妃逃入後宮，躲進一口枯井裡。隋軍入宮搜索，在井上呼喚，不見回答，揚言要向井中投擲石頭，才聽到底下回應。士兵們拋下繩索把他拉出來的時候，很驚訝怎麼如此沉重。等到拉出井口，才發現竟然有三個人，除了陳後主外，還有張貴妃和另外一個也受後主寵愛的妃子孔貴嬪。後主被押送到長安，成為階下囚。張貴妃的下場很悲慘，隋軍將領高熲認為她應該負亡國的責任，將這位美貌聰慧的絕代佳人斬首示眾。

晚唐詩人杜牧在一首詩中寫道：「商女不知亡國恨，隔江猶唱後庭花。」諷詠的就是陳後主荒淫亡國的故事。

民莫不逸

【名言】

民莫不逸，我獨不敢休。

——《雅·小雅·十月之交》

【要義】

逸，安逸享樂。這句詩的意思是：「大家無不享樂安逸，唯獨我不敢稍事休息。」

《十月之交》是周大夫諷刺幽王的詩。篇名「十月之交」，是由於周幽王六年十月辛卯（前七七六年九月六日）發生日蝕，即日月交會。古人天文知識有限，將這種現象視作上天顯示的徵兆，而與人間的治亂有關。詩人藉此數說周幽王寵信褒姒和奸臣，禍亂國家，並進一步說明人民所受的災禍，並非來自上天，而正是這些昏君佞臣所為。在詩篇的末章，又表

達了自我勉勵，兢兢業業，欲挽狂瀾於既倒的悲壯情懷。所引名言就是出自這一章。文字本身含義淺顯，並不費解，但是聯繫到當時黑暗的環境，這樣的聲音顯得孤獨而無奈，飽含著悲劇色彩。

【故事】

明末抗清名將史可法（一六〇二—一六四五年），字憲之，祖籍順天府大興縣（今北京），祥符（今河南開封）人。據說，他的母親懷著他的時候，夢見文天祥走進屋內，不久就生下了史可法。做父母的可能並沒有預料到，他們的兒子日後果然成為文天祥那樣的人物。

史可法的祖父史應元曾經當過兩任知州，為官清廉，在任的時候注重施惠於民，除了月俸之外，從不貪污一錢。卸任之後，由於沒有積蓄，到史可法呱呱墜地的時候，家境已經非常貧寒了。史可法的父親自幼體弱多病，難成大器，史應元便將希望寄託在長孫史可法身上。因此，幼年時代的史可法便在祖父嚴格的教導下，刻苦讀書，博通經史，並且繼承了祖父清廉正直的品性和以身報國的志向。

天啟元年（一六二一年）冬天的一個風雪嚴寒之日，明代名臣、東林黨領袖，時任順天府學政的左光斗身著便服出遊。當他踱進一座古廟時，見偏房中有一位年輕士子，因讀書疲

倦，伏案而臥，案頭攤著一篇剛草就的文章。左光斗取文章觀看，不禁深為讚賞作者的才華識見。見這個年輕人衣著單薄，就解下自己的貂皮袍子，輕輕披在他的身上。左光斗從廟中僧人那裡知道了這個年輕人的名字，他就是千里迢迢趕回祖籍參加府試的史可法。不久，府試開考，史可法文章優秀，擔任主考官的左光斗取他為第一。從此，年輕的史可法便在左光斗的指導下繼續刻苦攻讀，師徒同心，十分契合。

左光斗曾經指著史可法對夫人說：「我的幾個兒子都碌碌無為，將來能繼承我的志向與事業的，唯有他了！」

崇禎元年（一六二八年），史可法考中進士，授為西安府推官，因功累次升官。當時明朝政權已經腐朽，朝廷中黨爭不斷，農民起義蜂起，東北清軍勢力膨脹，屢次騷擾邊境，內憂外患，形勢岌岌可危。史可法身處亂

卌，卻能夠為國盡忠，廉潔守信。他被委以軍事重任後，作戰勇敢，與部下同甘共苦。行軍的時候，士兵沒有吃飽他不先吃，士兵沒能添衣他不先穿，所以部下都很感佩他的品德，都願意為他效力。在朝為官的時候，他屢次上表，對當時的軍政加以改革，並主持了疏通漕運糧道的工程。

崇禎十七年（一六四四年），李自成義軍攻陷北京，崇禎帝自殺。不久清軍入關，揮師南下，勢如破竹。史可法在南京擁立福王朱由崧即皇帝位，肩負了復興明朝的重任。然而南明朝廷內部更多的是馬士英、阮大鋮這樣的奸臣，在國家危難的時候他們仍然不思救亡，只知道嫉賢妒能，為個人謀取私利。當上皇帝的朱由崧，本來就是一個遊手好閒、不學無術的傢伙，即位之後也是不思進取，沉溺於聲色犬馬之中。在這一群佞臣的包圍中，再加昏君在上，史可法徒有報國的志向、過人的膽識與才能，卻屢遭排擠，無法施展。清軍南下，南明軍隊不是望風投降，就是自相殘殺。史可法據守揚州，勢單力孤，傳檄召各鎮兵馬援救，竟然沒有一路前來。幾天後，清軍逼近城下，炮轟西北角，城遂攻破。史可法想要自刎，被身旁的參將阻止，並保護他準備逃出小東門，卻被清軍抓獲。史可法寧死不願被清軍侮辱，就高呼「我就是史可法」，於是被清軍殺害。

史可法擔任總督，出行不張傘蓋，吃飯只做一菜，夏天不用扇子，冬天不穿裘服，就寢衣不解帶，四十多歲了還沒有兒子，妻子想替他納妾，他長嘆一聲說：「國事繁忙，哪還有

心思為兒女打算呢！」

他年終批閱文件，忙到半夜，感到困倦，向廚子要酒喝。廚子稟告肉菜已分給將士們了，沒有食物下酒，史可法就拿鹹豆豉當菜餚。史可法素來善飲，連飲數斗不醉，在軍中卻滴酒不沾。這一天他連喝了數十觥，為國憂慮，潸然淚下，不知不覺伏在案上沉睡過去。等到天明，將士們聚集在轅門外，門打不開，守門衛士遠遠告訴他們，史可法尚未起床。知府任民育說：「相公這晚上能睡個好覺，太難得了。」就讓鼓手仍舊敲四更鼓，告誡左右侍衛不要驚動史可法。不一會，史可法醒來，聽到鼓聲，非常生氣，說：「誰違犯我的命令？」將士回答是任民育的吩咐，鼓手才得以免罪。

史可法死後，人們尋找他的遺骸，因為天氣炎熱，屍體都腐爛變形，難以辨認。一年以後，家人帶著他的袍笏招魂，葬於揚州城外的梅花嶺。後來各地有起兵的，往往假借他的名號，所以當時有史可法並未死去的傳說。

戰戰兢兢

【名言】

戰戰兢兢，如臨深淵，如履薄冰。

——《雅．小雅．小旻》

【要義】

戰戰兢兢，恐懼謹慎的樣子。臨，面對著。履，踩踏。

意思是說：「在暴政嚴刑之下，小心謹慎，膽戰心驚，如同面對著萬丈深淵，如同腳踩著薄薄的河冰。」

《小旻（旻音ㄇㄧㄣˊ）》是周大夫諷詠周幽王的一首詩。周幽王荒淫無道，是非不辨，善惡不分，對內嚴刑酷法，良臣百姓人人自危，周王朝的覆滅已經埋下了禍根。詩人對這樣的黑暗

朝政深感失望，為即將到來的危險處境既擔憂又感到恐懼。所引名言為該篇最後一句，連用兩個譬喻，很具體地表現了人處於危險境地時的心理狀態，是《詩經》中流傳廣遠的名句。

【故事】

明朝開國皇帝朱元璋（一三二八—一三九八年），出身貧寒，曾經為人家放牧牛羊，年少時家人就因染上瘟疫相繼死去，為了混口飯吃他只好到寺廟裡出家當和尚。後來參加農民起義軍，很快成為領袖，最終建立了明朝政權。

但是，朱元璋是個內心陰暗的人，對於自己貧苦的出身和當過和尚的經歷一直很避諱，並且非常嫉恨身邊有才幹的臣下，擔心自己的皇位被別人搶走。在這種心理的驅使下，他開始了一連串的屠殺行動。中國歷史進入了極度恐怖的時代。

洪武十三年（一三八〇年），有人告發當時的宰相胡惟庸勾結倭寇，密謀造反，準備在宴會上刺殺朱元璋。朱元璋不問是非，很快下令將胡惟庸磔（磔音ㄓㄜˊ，古代分裂罪犯肢體的酷刑。）死，屠滅三族。十年之後，朱元璋再次下令清查胡惟庸的黨羽，將他們逮捕下獄，其中還包括曾經非常受他尊重的老臣、已經七十七歲的太師李善長。這次行動，共處決兩萬餘人。之後，朱元璋還編撰《奸黨錄》，將李善長的供詞附於書後，昭告全國。

又過了三年（一三九三年），有人告發大將藍玉謀反，朱元璋命令將他立即逮捕下獄，

以酷刑逼出供詞，於是藍玉也被磔死、滅族。根據口供牽引，這次行動共屠殺一萬五千人，其中有些人早就死了，但子孫仍未能倖免。之後朱元璋又編撰一本書，叫《逆臣錄》，昭告全國。

這是兩次集中的大規模屠殺，而小規模的冤案幾乎每天都在發生。開國元勳宋濂，是一位非常傑出的政治家和學者，朱元璋曾經稱他為「聖人」，經常召他入宮談論政務，親如一家人。但是宋濂死後不久，他的孫子牽涉到胡惟庸案中，被貶致死。另一位智囊式的人物劉基，也被朱元璋毒死。事後他又想堵住眾人之口，宣稱是胡惟庸毒死的，故意問宰相汪廣洋是否知道此事。汪廣洋不明就裡，如實回答不知道。結果朱元璋大怒，立即將他貶黜，等他走到中途，又下令將他絞死。跟朱元璋當年一起出生入死的大將徐達，患了一種疽瘡，最忌吃鵝肉，但是朱元璋偏偏送了一碗鵝肉給他，並且命令送鵝肉的宦官在旁邊監視著他吃掉。徐達一面吃一面流淚，當晚就病發身死。

按照儒家「達則兼濟天下，窮則獨善其身」的原則，以前不得意的人還可以透過隱居來躲避災禍，但是在朱元璋恐怖統治下，連這點權利都沒有了。高啟是元、明兩朝最著名的詩人，但是非常厭倦政治上的傾軋，朱元璋徵召他當禮部侍郎，他堅辭不就，被認為是不合作，找了個藉口將他殺害，死時年僅三十九歲。大臣李仕魯在金鑾殿上提出辭職，朱元璋認為他藐視皇帝，讓武士將他摔死階下。此外，在朝廷上還設有廷杖的刑罰。上朝奏事的時

候，稍有不如意，朱元璋就命武士當場將大臣拖倒施以杖打。很多人往往因為承受不了而當場斃命，就算不死，也被打得皮開肉綻，半年不能動彈。朱元璋還在各州縣設有「剝皮亭」，官吏一旦被指控貪污，就被剝皮，懸皮於亭中，以示警戒。根據統計，中央及直隸地區每年被剝皮、逮捕、流放的官吏有數萬人。

朱元璋還大興文字獄。浙江府學教授林元亮，奏章上有「作則垂憲」，被處斬。因為在當時江南方言中，「則」（原本是「法則」的意思）與「賊」同音，朱元璋認為這是諷刺他曾經做過賊。河南尉氏縣學教授許元，在奏章上有「體乾法坤，藻飾太平」，被處斬。這兩句本是抄自古書上的舊話，但朱元璋卻認為「法坤」與「髮髠」同音，「髮髠」是剃光頭的意思，是諷刺他當過和尚；「藻飾」與「早失」同音，這樣就是要他「早失太平」。當時有一位印度僧人叫釋來復，頗受朱元璋的禮敬。釋來復將要回國，臨行前寫了一首謝恩詩，詩中有兩句：「殊域及自慚，無德頌陶唐。」意思是自慚生在異國（殊域），沒有資格讚頌皇帝。但是朱元璋卻認為，「殊」是「歹朱」，「無德」是罵他沒有品德，於是將釋來復斬首。

朱元璋還建立秘密員警機關——錦衣衛，直接由皇帝管轄，隨時檢舉中央與地方的官吏過失，不受司法部門約束。這些人廣收賄賂，隨意誣陷，朝廷官員人人自危。他們每天早上入朝，先跟妻子訣別，到晚上平安回來，闔家才有笑容。

我日斯邁

【名言】

我日斯邁，而日斯征。夙興夜寐，無忝爾所生。

——《雅．小雅．小宛》

【要義】

斯，連詞，則。邁、征，都是遠行、行役的意思。而，同「爾」，你。夙，早。興，起，指起身操勞。寐，睡眠。忝（音ㄊㄧㄢˇ），辱沒的意思。爾所生：你所由生，指父母和祖先，也可指你的此生。

這句名言的意思是：「我和你都要日日月月努力勞作，早起晚睡，日以繼夜，不要辱沒了父母祖先，無愧於今生今世。」

《小宛》這首詩，據說是周朝的大夫兄弟之間相互告誡，謹慎地對待險惡的環境，努力工作，每時每刻都要自我警醒勸勉，不能虛擲光陰，而要成就事業，以告慰父母祖先，光大門楣。整首詩既表達了相互勉勵的深切之情，也透露出當時社會環境的動盪不安。

對於今天的人們，這句名言提醒我們要珍惜光陰，自我勉勵，將有限的時光充分地加以利用，以求有所成就，對社會做出應有的貢獻，也就不枉此生，無愧於養育自己的父母了。

【故事】

東晉時，朝廷暗弱，北方的江山都被異族佔據了，晉朝偏安江南一隅，苟且偷生。有志之士上表請求發兵收復北方失地，可是皇帝但求自保，根本沒有北伐的打算，這些請求都被一一駁回了。看到朝綱不振，國力衰弱，很多人都漸漸消退了鬥志，縱情聲色，沉溺於美酒，要不然就修道煉丹，企求長生不老。

這時候在司州（治所在今河南洛陽東北），有一對特別要好的朋友——祖逖（二六六—三二一年）和劉琨（二七一—三一八年），他們都擔任主簿的差使。兩人志趣相投，都不滿朝廷的懦弱，一心只想北伐收復大好河山。由於懷抱同樣的志向，他們有說不出的投機，感情愈來愈深厚，睡覺都要同床共枕，如同親兄弟一樣。

有一天半夜，祖逖正因壯志難酬而輾轉反側，忽然聽到外面雞叫。夜色尚濃，這時候打

鳴的雞叫做荒雞，打鳴總不按時間，跟司晨的雞有區別，民間都迷信說這種雞叫的聲音不祥。祖逖就把還在酣睡的劉琨叫起來，對他說：「依我看，這時候雞叫未必是不祥的聲音。」於是他們就起身練習武藝。

就這樣，他們白天忙於公事，晚上的時間也不願輕易浪費，經常在一起談論國家大事，謀劃北伐的大計。有時候半夜裡從床上爬起來，互相勉勵對方。他們經常對對方說：「如果天下大亂，豪傑爭雄，你我一定要在中原參與角逐。」

後來戰亂更頻繁了，人民流離失所。祖逖帶領著隨自己遷徙的部眾一百多戶人家逃亡。在渡長江的時候，船到江心，他敲著船槳，對著眾人發誓：「我祖逖如果不能收復中原而再次南渡流亡，就像這長江水一樣，有去無回！」

他神情嚴肅，言辭悲壯，眾人聽了都很感動。祖逖率眾駐紮在江陰，開始鑄造兵器，召集了兩千多人，開始向北方挺進。祖逖不僅志向高遠，而且足智多謀，很有軍事指揮才能，他率領的軍隊屢戰屢勝，一直打到黃河南岸，收復了大片失地。朝廷知道這件事後也大受震撼，給予祖逖嘉獎封賞，支持他的行動，國人也都把祖逖視為英雄。

劉琨聽說自己好友的英雄事蹟非常高興，心想祖逖這是用他的行動在激勵我呢！他給親朋好友的信中寫道：「我心裡很著急，頭枕著兵器等待天亮，一心想把敵人的腦袋砍下來示眾，我常常擔心祖逖快馬加鞭跑在我的前面啊！」

跟祖逖一樣，劉琨也率領著部隊多次跟北方入侵者交戰，多次身陷險境。有一次在晉陽，劉琨被胡人的騎兵重重包圍，形勢十分緊迫。劉琨想出一計，晚上他趁著月色登上城樓，發出清脆的長嘯，敵兵聽了，不禁淒涼的感嘆起來。到了半夜，劉琨又吹奏起胡笳來，樂調都是塞外少數民族的風格，敵兵聽了都深切地思念起家鄉來，不禁流淚哭泣。到了天亮時分，劉琨又吹響胡笳，敵人竟然撤掉包圍，全部離去。這是當時一次有名的以智取勝的戰役。劉琨長期抗戰，功績卓著，被朝廷封為大將軍，成就不在祖逖之下。

雖然後來隨著祖逖病亡和劉琨戰敗，這對好朋友收復北方失地的志向沒有實現，但是他們互相警策、發憤圖強的精神感動著後世的有志之士，「聞雞起舞」、「中流擊楫」、「枕戈待旦」的故事成為千古佳話。

維桑與梓

【名言】

維桑與梓，必恭敬止。

——《雅·小雅·小弁》

【要義】

維，發語詞，無實義。桑與梓，是古代住宅旁常栽的兩種樹木。必恭敬止，這裡是思鄉思親之詞。桑梓是家中常植之樹，也是父母祖先手植，故而見樹而思鄉懷親。恭敬，是由樹及人。止，之，代詞，指家鄉與親人。

《小弁（弁音ㄅㄧㄢˋ）》這首詩據說是一位被丈夫遺棄的女子所作，詩中表達了她哀怨憂傷、孤苦無依的心情。在這樣的悲慘境況下，她看到庭院中的桑與梓，睹物思鄉，不禁懷念起自

己的家鄉與親人，也許只有這一點溫暖才能夠慰藉她受傷的心靈吧。對於故鄉與親人的眷念之情，是人們從古至今一直保有的一種情結，也是歷來詩歌創作中的恆久主題之一。此詩的女作者透過藉景抒情的委婉方式，將這種感情表達得含蓄而又親切。「桑梓」這個詞在後代成為故鄉的代稱，就是從這句詩中演化而來的。

【故事】

南北朝時期的著名詩人、辭賦家庾信，創作了大量吟詠「鄉關之思」的詩賦，感動了當時與後代的不少讀者。他之所以在題材上有這樣獨特的選擇，與他的飄零身世息息相關。

庾信（五一三—五八一年），字子山，小字蘭成，南陽新野（今河南新野）人。他的遠祖隨晉朝南遷，定居在江陵，一直是當時的名門望族，族人在南朝政權中屢屢擔任高級職務。而且庾家也是書香門第，庾信的父親庾肩吾也是當時著名的文學家，受到梁朝皇室的器重。

在這樣一個生活富足、文學氣氛濃厚的家庭環境下，庾信很早就接觸到優美的古典文學和各種歷史典籍，加之他天資聰敏、勤奮好學，很快就博覽群書，而且特別精通《春秋左傳》。他十五歲的時候，就被聘請到東宮，擔任昭明太子蕭統的講讀。當時南朝文壇上流行「宮體詩」，講求華麗的辭藻、綺豔的風格，由於皇室的推崇，很多出入宮廷的人都參與創

作，庾信與其父庾肩吾以及徐摛、徐陵父子都是代表詩人，因此世人常常也把「宮體詩」稱為「徐庾體」。這種詩體被當時人競相模仿，庾信等人每寫出一篇，京都的士人無不相互傳誦。但是這種詩雖然在文采上很富麗，但在內容上卻很空洞，後代的評價並不高，這主要是庾信生活的圈子過於狹窄、眼界被限制所致。

到了二十歲左右，庾信開始出仕做官，一開始擔任湘東國侍郎，不久轉調安南府行參軍，後又升調尚書度支郎中。庾信不僅具有文學才能，而且懂得治國用兵的方略。他在三十歲的時候，被任為郢州別駕。別駕的職權較大，有「半個刺史」的說法，這給他施展政治才能提供了機會。

大同八年（五四二年）春，安成郡人劉敬躬起兵造反，梁武帝派庾信與湘東王蕭繹率兵討伐，庾信在戰前制定出了與劉敬躬進行水戰的方略。劉敬躬久聞庾信的才能，自知不敵，結果不戰而逃。大同十一年（五四五年），三十三歲的庾信官任通直散騎常侍，這時南北關係比較和緩，不斷互派使者來發展友好關係。這年秋天，庾信奉命出使東魏，東魏人久仰庾信的大名，對他熱情款待，而庾信也憑藉自己的才能順利完成了外交使命，同年冬天返回梁國。

梁武帝太清元年（五四七年），東魏司徒侯景欲率河南十三州降梁，梁武帝不聽勸阻，執意納降，並封侯景為大將軍、河南王。這件事使得梁與東魏的關係緊張起來，邊境上時有

衝突發生。事實證明，梁武帝的納降策略嚴重失誤。次年，侯景看到梁朝內部空虛，趁機造反，很快攻陷了都城建業（今南京）。庾信逃出虎口，沿長江西行，奔往江陵老家。一路上目睹了戰爭中「旅舍無煙，巢禽無樹」的淒涼景象；經過許多艱難險阻，總算在江陵見到了家人。

侯景之亂，給五十年太平無事的南方造成了前所未有的巨大災難，也給庾信的家庭帶來了無盡的痛苦。庾信的兩個兒子和一個女兒在這次戰亂中死去，其父庾肩吾在與庾信見面後不久也去世了，真可謂國破家亡。這些事情使庾信遭受了沉重的打擊，對他後半生的思想和寫作產生了深刻的影響。

天正元年（五五二年），侯景之亂平定，梁元帝蕭繹在江陵即位，封庾信為御史中丞，後又加封右衛將軍、武康縣侯、散騎侍郎。庾信本來對梁元帝寄予很大希望，以為他會是梁朝的「中興之主」，然而這位新皇帝不思遷都，對臣下又猜忌殘忍，令庾信深感失望。承聖三年（五五四年），庾信奉命出使西魏。正在這時，西魏大軍進攻江陵，江陵陷落，元帝被執，不久即遇害而死。西魏軍大肆殺戮，並將十萬俘虜帶至長安，賣為奴隸。這些俘虜中就有庾信的老母和妻子，幸虧庾信與西魏安定公宇文泰是好友，她們才得以放還。經過這次變亂，庾信只得滯留西魏，再也無法返回南朝，這成為他一生的轉捩點。

江陵陷落的時候，庾信痛哭三日而不絕。北朝皇帝雖然知道他是南朝的舊臣，但是非常

賞識他的才華和聲望，對他以禮相待，並授予他高級官職。《周書．庾信傳》記載：「江陵平，拜使持節、撫軍將軍，右金紫光祿大夫、大都督，尋進車騎大將軍，儀同三司。」

太平二年（五五七年），西魏被北周取而代之，孝閔帝宇文覺加封他為驃騎大將軍、開府儀同三司、司憲中大夫，晉爵義城縣侯，官階之高，遠超南朝。而且北朝人士，都很尊崇他的詩文才學，愛好文學的王公貴戚多以庾信為榜樣，如趙國公宇文招，就以學「庾信體」出名。但是，這樣的優待並沒有讓庾信感到心安，在北朝的歲月裡，他一直思念著遠在南方的故鄉，等待返鄉的機會，並在此後的每篇詩賦中反覆抒發著這種「鄉關之思」。

這時候南朝政局也發生了變化，陳代梁而興，奉行南北和好的政策，雙方互通使節，關係又一度緩和。有不少羈留北朝的南朝人士，陸續回到南方去。庾信對陳朝的政權頗為敵對，尤其不喜歡文帝陳霸先的人品，但是當他看到不少故人返回南朝時，禁不住勾起思鄉情緒。周武帝保定二年（五六二年），陳朝尚書周弘正出使北周，將要返回，庾信前去贈詩送

別，其中《重別周尚書》一詩寫道：

陽關萬里道，不見一人歸。
唯有河邊雁，秋來南向飛。

用大雁南飛的比喻，來抒發自己思鄉的情懷。

但是，北周非常愛惜庾信的才華，不願讓他返回南朝。周武帝建德四年（五七五年），陳朝請求放回庾信、王褒等十數人，周武帝同意放回其他人，但就是不放庾信和王褒。這一年庾信已經六十三歲了，失去了最後一次南歸的機會。不久，同樣羈留北方的著名文學家王褒去世。庾信深感暮年將至，還鄉無望，撫今追昔，不禁感慨萬端，寫下了著名的《哀江南賦》，描繪了一生的坎坷經歷，表達了終老不能返鄉的淒婉哀怨之情。三年之後，庾信在哀傷中病逝，時年六十七歲。

庾信的後半生，離鄉二十八年，念念不忘如雁南歸，而終不能如願。他的後期詩文，一掃前期浮華雕琢的弊病，無一字不在抒寫思鄉之痛，情真意切，喚起後代多少羈旅遊子的感慨啊！

蛇蛇碩言

【名言】

蛇蛇碩言，出自口矣。巧言如簧，顏之厚矣。

——《雅·小雅·巧言》

【要義】

蛇（蛇音ㄧˊ）蛇，自滿欺詐的樣子。碩言，大話。巧言，指讒言。簧，一種吹奏樂器。

這句名言的意思是：「謊言大話出自佞人之口，如同吹奏笙簧一樣動聽，真是厚顏無恥啊。」

《巧言》一詩，是周代的一首政治諷刺詩。奸佞的臣子憑藉三寸不爛之舌，顛倒是非，混淆黑白，說大話，說假話，用君主喜歡聽的話來邀寵，攪亂朝政，陷害忠良，使得朝廷黑暗

混亂，烏煙瘴氣。同時，昏庸的君主偏偏喜歡聽信讒言，寵信佞臣，因而更使小人得志，肆無忌憚。詩人對這種現狀顯得十分憤慨，一方面嚴厲地指責巧言之臣，描繪他們厚顏無恥進獻讒言的醜態，進而揭露他們無德無能的實質；另一方面又勸說周王要心中有數，明辨這些小人的假話和大話，以維護政治的清明。歷代以來，都有這樣用謊言和大話來掩飾自己的無能，蒙蔽他人以求得個人私利的「厚臉皮」。這樣的人，小則亂人耳目，處事不公，大則污染世風，禍亂國家，因此人們一定要警惕，不要為其所矇騙。

【故事】

南宋末年的賈似道（一二一三－一二七五年），字師憲，台州（今浙江臨海）人。由於父親早死，家道中落，又無人管教，賈似道在少年時代就在社會上遊蕩，不務正業，經常酗酒賭博，沾染上一身惡習。

世事難料，這樣一個市井浪子居然也時來運轉。賈似道有個同父異母的姐姐，被選入皇宮，因為長得非常漂亮，受到理宗趙昀（昀音ㄩㄣˊ）的寵愛，封為貴妃。一人得道，雞犬升天。賈似道憑藉著姐姐與皇上的「枕席之恩」，被朝廷任命為京官。不過，儘管當了官，賈似道一點也不知收斂，反而恃著貴妃娘娘的權勢，行為愈加放蕩。

他常常白天在京城臨安（今浙江杭州）各處妓院裡廝混，夜間又通宵在西湖上泛舟燕

遊。有天晚上，理宗登高眺望西湖夜景，見湖上燈火異常，對左右說：「這一定是似道。」次日詢問，果然不錯。理宗覺得他的行為實在有損朝廷聲譽，想對他進行懲戒。臨安知府史岩之知道理宗寵愛賈貴妃，有意討好賈似道，便對理宗說：「賈似道雖有少年習氣，但是其才可為大用。」於是，理宗就不加罪於他。

而賈似道表面上也裝得道貌岸然，又加之頗有弄權之術，不僅騙過了皇帝，而且不斷得到提升，十年之間，官升數級，位列宰輔，權勢顯赫，朝中人人側目。

南宋朝廷暗弱，偏安於江南一隅。北方的蒙古軍隊在剿滅金朝殘餘勢力之後，馬上就著手進攻宋朝。寶祐六年（一二五八年）二月，蒙古大汗蒙哥調三路大軍侵宋。九月，蒙哥弟忽必烈率蒙古鐵騎進圍鄂州（今湖北武昌），南宋朝廷聞訊大亂。理宗慌忙以賈似道為右丞相兼樞密使屯兵漢陽，支援鄂州。這時宋將高達已先率兵入鄂州，鄂州防守穩固。負責防禦的左丞相吳潛命賈似道移防鄂州下游軍事要衝黃州（今湖北黃岡）。賈似道本無軍事才能，又是個貪生怕死的膽小鬼。在移防黃州途中，忽聞前軍遭遇蒙古兵，頓時嚇得手足無措，連呼「完了」。當知道遇到的只是南宋叛將儲再興的一支老弱殘兵，才長舒一口氣，又神氣起來。

忽必烈一面急攻鄂州，一面揚言要向臨安進軍。賈似道聞信萬分驚恐，連忙派人前去求和，提出條件是：「北兵若旋師，願割江為界，且歲奉銀、絹各二十萬。」結果遭到蒙古軍

的拒絕。正在這時，蒙哥病死，蒙古軍軍心動搖，賈似道不趁機出戰，反而再遣使求和。忽必烈本就準備回師爭奪汗位，無心作戰，就答應了議和條件，撤兵北還。

賈似道見蒙古軍主力撤走，就出動大軍攔殺了一百七十名殿後的蒙古兵，安排了一個「英勇抗敵」的場面。然後隱瞞了納幣求和的事情，向朝廷報捷。理宗本就昏庸，又不瞭解前線情況，接到捷報後十分高興，認為賈似道立了再造社稷的大功，於是下詔褒獎，命賈似道還朝，讓滿朝文武去京郊迎接。之後，又晉升賈似道為少師，封衛國公，對他寵信有加。

景定五年（一二六四年），理宗病死，太子趙禥在賈似道的扶持下即位，是為度宗。度宗孱弱無能，一切都依仗賈似道，稱他為「師臣」。滿朝官員也大都奉承賈似道，把他比作輔佐周成王的周公姬旦。自此，賈似道獨攬朝廷大權，權勢顯赫。但是，這個靠謊言換取地位的無賴，只懂得遊樂、斂財，一切政務都拋諸腦後，每五天才乘坐遊船入朝一次，從不去辦公的都堂，所有公文都由人送到他家中簽署，而實際上他自己從不過問，均由幕僚隨便處理。

咸淳四年（一二六八年），忽必烈已奪取汗位，率兵再圍襄陽，次年又圍樊城，前線吃緊。賈似道卻扣留告急文書，仍然肆意作樂。有一天度宗問他：「襄陽被圍三年，怎麼辦？」他撒謊道：「北兵已退，陛下從何處聽得此言？」度宗告訴他是一名宮女說的，他就立即處死了那名宮女。從此以後，不管前線情況多麼危急，誰也不敢透露半點消息。

咸淳七年（一二七一年），忽必烈定國號為元，並加緊進攻南宋。九年正月，樊城被元軍攻破。二月，襄陽被圍五年，糧盡，拆屋為柴，以紙做衣，不斷向朝廷告急卻毫無回應，守將呂文煥只得投降。這都是賈似道一手造成的，但是他卻對度宗說：「如果早讓我去前線，絕不會造成今天這種局面。」

同年十二月，元軍攻克鄂州，京師危急，群情激憤，賈似道這才不得已領兵出征。到了前線，賈似道根本不敢作戰，一心只想割地納幣求和。元軍認為賈似道毫無信義，嚴詞拒絕。戰爭爆發，賈似道毫無鬥志，乘船逃往揚州，宋軍全部潰敗。

消息傳到京城，官民俱忿，紛紛要求誅殺賈似道。這時度宗已死，新皇帝年僅四歲，由太皇太后主政，以賈似道為三朝元老，從輕處分，貶為高州（今廣東高州東北）團練使。在押解途中，押送官鄭虎臣冒著擅殺命官的死罪，親手殺了賈似道，仰天長嘆：「我為天下人殺賈似道，雖死何憾！」

賈似道兵敗後，元軍順江東下，逼近臨安，南宋朝廷危在旦夕，這與無德無能、只會以大話、謊話欺人的賈似道有著直接關係。

為鬼為蜮

【名言】

為鬼為蜮，則不可得。有靦面目，視人罔極。

——《雅・小雅・何人斯》

【要義】

蜮（音ㄩˋ），古代傳說中一種能含沙射人的怪物。靦，慚愧的樣子。視，通「示」。罔，無。極，中，準則、中止的意思。

這句名言的意思是：「鬼蜮之類，難以推測。你愧為有面目的人，表現得卻沒有準則。」

對《何人斯》一篇的題旨，頗有爭議。漢代以來流行的說法是「蘇公刺暴公也」，是周

人夫之間相互諷刺怨憎的詩。後人對其提出疑問，主要是因為詩中並沒有明確的指責對象，因而有穿鑿附會之嫌。還有人認為此詩是一個被遺棄的女子所詠，感嘆心上人的反覆無常，也可備一說。不過，儘管眾說紛紜，詩中對那種反覆無常、背信棄義行為的憎恨之情，還是借助形象的比喻和有力的語言凸顯在讀者面前。今天我們要建設新的社會道德，同樣要警惕這樣的人，不要為他們善變的花招所蒙蔽。

【故事】

北宋末年的宰相蔡京，就是歷史上有名的見風轉舵、毫無信義的奸臣。

蔡京（一〇四七—一一二六年），字元長，興化軍（治所在今福建莆田）仙遊人。宋神宗熙寧三年（一〇七〇年）考中進士，隨後被派往南方，任錢塘尉、舒州（治所在今安徽潛山）推官。之後又長期任尚書考功員外郎、起居郎。元豐六年（一〇八三年）八月，拜中書舍人，後改龍圖閣待制，知開封府事。

宋神宗在位的時候，任用著名政治家王安石進行變法改革，以圖強國富民，但遭到了守舊派的激烈反對。蔡京是一個只圖自己升官發財，投機鑽營，根本不為國家民眾著想的人。他看到改革派掌權，就附和變法運動，羅織罪名，打擊守舊派，以此受到改革派的賞識，所以一直官運亨通，扶搖直上，從一個小小的地方官，很快進入中央中樞機構，而且還成為首

都的行政長官。

變法運動還沒有完成，宋神宗就死了，年幼的太子即位，就是後來的宋哲宗。因為新皇帝年齡小，還不懂事，政權落在了高太后手中。高太后傾向守舊派，貶謫了變法運動的領袖王安石，重新起用守舊的大臣司馬光為宰相，於是新法被廢止，守舊派重新掌權，開始恢復舊法。本來以變法進身的蔡京，這時候又搖身一變，投靠司馬光。司馬光主張恢復原來的差役法，限期五天完成。人家都認為時間倉促，無法在規定期限內完成，只有蔡京所管轄的京師地區，按時完成了這項工作。司馬光不清楚蔡京的為人，因為這件事反而對他讚賞有加，甚至對他說：「要是人人都像你那樣奉公守法，哪還有做不成的事。」因此很想提拔重用他。不過幸虧有人指出他變化無常的品行，才沒有被委以重任，反被貶出京師，出知成德軍（治所在今河北真定）、改知瀛州（治所在今河北河間）、又轉徙成都、揚州等地。

蔡京雖然遭到這樣的挫折，身處朝廷之外，但是心底裡卻一點沒有改變他貪權鑽營的「本色」，一直謀劃著如何重新被起用。在各地當地方官的時候，他網羅親信，一切遵照舊法，取悅當權，漸漸地博得守舊派的好感，竟被擢升為龍圖閣直學士，勢力又開始進入中央。

元祐八年（一〇九三年）保守派的後台高太后死了，宋哲宗開始親政。這位已經成年的皇帝，又不滿守舊派的墨守成規，立意繼承父親宋神宗的改革事業，並改年號為「紹聖」，

來表示自己施行新政的決心。因此守舊派又被排擠，元祐年間被貶謫的大臣，又紛紛被起用，變法派的主要人物章惇被任命為宰相。這時已經投靠了守舊派的蔡京，見變法派得勢，又打出自己曾是新黨的旗號，到處矇騙，居然又進入朝廷中樞機構，代理戶部尚書的職權。章惇想要恢復王安石的雇役法，與各部商議，久而未決。蔡京為了取悅章惇，便對章惇說：「您直接用熙寧年間就制定好的法則實施就是了，何必再跟別人討論呢？」一句話，使得章惇下定決心，廢除差役法，實行雇役法。此時距離蔡京當年討好司馬光廢雇役行差役，不過十年時間，他這種翻手為雲覆手為雨的邪惡行徑昭然於世。

蔡京因為討好上司，受到章惇的大力舉薦，正式擔任戶部尚書，第二年又任翰林學士承旨。於是他便以施行新法為名，想方設法勾結權奸，為自己謀取私利，陷害忠良，惡名昭著。宋哲宗朝中還有正直的大臣仗義執言，蔡京這時還不至於太放肆。等到宋徽宗這個昏君即位後，不務朝政，只喜歡搜集書畫奇石，蔡京於是千方百計搜羅民間珍奇，供皇帝賞玩，由此受到徽宗的賞識。蔡京又結交皇帝身邊受寵的宦官童貫等，相互勾結，欺上瞞下，權力日益顯赫，官位一直做到了太師。這樣一個卑鄙無恥的人掌握了朝廷的大權，所作所為只會是禍國殃民。他藉變法之名，實行苛政，使得民不聊生、變亂紛起，本就孱弱的北宋王朝，又遭受了沉重打擊。不久，早已虎視眈眈的金國，趁機大舉進攻，滅亡了北宋。北宋之所以亡國，很大一部分責任應當歸於蔡京這樣反覆無常的奸臣當政。

驕人好好

【名言】

驕人好好，勞人草草。

——《雅・小雅・巷伯》

【要義】

驕人，驕橫之人，詩中指進讒之人。好好，形容小人得志、傲慢無禮的樣子。勞人，苦惱之人。草草，憂愁苦悶，悲傷不已。

這句名言的意思是：「讒巧的小人驕橫傲慢，無辜的苦惱之人哀傷不已。」

《詩經》中的詩，絕大部分都沒有署名作者，部分篇章尚能根據史料加以約略推斷，大部分還是無據可查。《巷伯》篇是有署名的作品，末章明確道出是「寺人孟子」所作。寺人

是古代宮中侍御的小臣，孟子就是本詩的作者，但其事蹟顯然已不可考。這首詩的題旨很明確，是作者遭受讒言迫害，以至於憂傷憤懣，對進讒者大加斥責和咒罵，以發洩胸中的不平之氣。言辭激烈，直抒胸臆，千百年後讀來，仍能被其中強烈的情緒感染。然而，其文辭並不因之流於鄙陋，反倒設喻妙絕，形象生動，因而是《詩經》中的華章。所引名言，將「驕人」和「勞人」兩種形象對比互映，工整而不失靈巧，是難得的佳句。

【故事】

西漢初年的賈誼（前二〇〇—前一六八年），洛陽人。十八歲時就因博通詩書、文章華美而聞名全郡。當時擔任河南郡守的吳公，聽說了賈誼的才名，就把他招致門下，十分器重。孝文帝即位後，聽說河南郡守吳公政績為全國第一，就下旨召他入京擔任廷尉。吳廷尉就向皇帝推薦賈誼，說他年輕有才，通曉諸子百家學說。於是文帝就召賈誼擔任博士，賈誼由此開始展露自己的政治才華。

這時候賈誼才二十多歲，在朝臣中最為年輕，但同時也是最有才華的一個。每當皇帝詔令臣下商議事情，許多老先生都說不出什麼，而賈誼卻總是對答得很出色。其他大臣們都感到賈誼說出了他們自己想要講的話，於是都誇讚他的才能。孝文帝也很喜歡他，不到一年就把他越級提拔為太中大夫。

賈誼認為，從漢朝建國到孝文帝已歷二十多年，天下安寧和順，應當更定曆法，改變服飾顏色；同時還要訂立法令制度，統一官位名稱，振興禮樂。於是他就草擬了各項禮儀法度，建立崇尚黃色，官印字數以「五」記數，重新確定官名，全部變更秦朝法度。這些建議都很有價值，不過當時孝文帝即位不久，行事謹慎，雖然覺得有道理，但沒有立即執行，不過有些法令的更改還是遵照了賈誼的意見。

賈誼還提醒文帝加強對漢初分封諸侯的控制，認為這是國家不安定的因素。他建議命令這些諸侯只能住到自己的封地上，不得擅自離開，以便限制他們的活動。後來的歷史證明賈誼的舉措是正確的，漢初恢復分封制，使得諸侯擁有強大的自主權力，割據一方，不服從中央的領導，嚴重破壞了中央集權和國家的統一，成為西漢早期致命的隱患。果然在賈誼死後不久，就爆發了諸侯的叛亂，直到漢武帝在位的時候才得到有效的控制。後來的人都很佩服賈誼的先見之明。

孝文帝也是一位賢明的君主，雖然沒有立即實施賈誼的策略，但對他的看法很欣賞，更加器重他，想要把他提拔到公卿的高位上。然而，賈誼的才華引起了朝中重臣周勃、灌嬰、張相如、馮敬等人的嫉妒，他們一想到這個年輕人官位將要比自己的高，就心理不平衡，於是就在孝文帝面前詆毀他，紛紛說：「這個洛陽少年，年紀輕輕，學識又淺薄，但是野心很大，想獨攬大權，朝中的政事是會讓他搞糟的！」讒言多了，孝文帝也有些相信，何況說這

些話的人都是些很有聲望的老臣。於是，賈誼就慢慢地被皇帝疏遠了，他的建議也不被採用了，後來還被排擠出朝廷，出任長沙王太傅。

長沙是古代楚國的地方，當時還沒有被開發，滿目荒涼，地勢低窪，氣候潮濕，到這種地方為官，跟流放沒什麼區別。賈誼剛剛開始施展自己的政治抱負，本以為年富力強將要有所作為，孰料遭受這樣的沉重打擊，於是精神變得很抑鬱。在赴任的途中，路過湘江，不禁想起楚國人夫屈原的悲慘遭際，感慨萬千，於是作了《弔屈原賦》，藉古人來抒發自己的抑鬱之情。

到了長沙任上，賈誼一直悶悶不樂，甚至感覺到自己壽命不會長久。有一天，一隻貓頭鷹飛到了賈誼房內，落在他的座位旁邊。楚地人管貓頭鷹叫做「鵩（音ㄈㄨˊ）鳥」，認為鳥飛到人的住宅內是不祥之兆，預示主人將要死去。賈誼寫了

《鵬鳥賦》，抒寫了自己無奈的心情，勉強地用莊子死生同一的觀點自我安慰。

在長沙待了四年多，賈誼被召回長安。孝文帝有感於鬼神的事情，向賈誼詢問鬼神的本原。賈誼作了詳盡的回答，一直談到深夜。孝文帝聽得入神，不知不覺在座席上向前移動。這番交談結束後，孝文帝感嘆說：「我好久沒有見到賈生了，自以為學識超過了他，今天看來還是自愧不如啊。」就任命他為梁懷王的太傅。梁懷王是孝文帝非常喜歡的小兒子，愛讀書，讓賈誼當他的老師算是比較優待了。不過賈誼的真正才能是在治理國家方面，可見讒言這時候還在發生作用。

幾年後，梁懷王騎馬摔死，賈誼認為沒有盡到做老師的責任，很內疚，加上一直心情憂傷鬱悶，一年後也離開了人世，死時只有三十三歲。

除了辭賦，賈誼還流傳下來很多政論文章，著名的如《過秦論》、《論積貯疏》等，鑑古知今，陳說利弊，力透紙背，顯示了他傑出的政治才幹和文學才華。只可惜他身遭讒言誣陷，一生鬱鬱不得志，以至於早夭，既為後人留下了不朽的精神財富，也留下了諸多遺憾。司馬遷著《史記》，把賈誼和屈原並列作傳，也是感嘆於兩人身世的相似吧。

維南有箕

【名言】

維南有箕，不可以簸揚。維北有斗，不可以挹酒漿。

——《雅・小雅・大東》

【要義】

箕，星宿名，由四顆星組成，像簸箕的樣子。

斗，箕星之北的南斗星，由六顆星組成，形狀像勺子。挹（音ㄧˋ），引取、舀取。

這句名言的意思是：「南天上有箕星，卻不能用來簸米揚糠。箕星之北有南斗，卻不能用來舀取酒漿。」

《大東》據說是周朝東方的諸侯國譚國大夫所作，主旨是怨刺周朝的統治者對人民的壓

榨，是一篇具有反抗性、人民性的詩篇。所引詩句用巧妙的比喻，點出了譚國人民水深火熱的生活困境。箕星和南斗都是因為它們的形狀跟日常的用具相似，所以才以此命名。詩人巧用這種現成的比喻，而實寫它們的功用，更造成一種反諷的色彩：這樣大的簸箕和勺子，卻一無所用。為什麼呢？這不禁令人聯想到他們生活的現實：米、酒漿都被殘酷的統治者所榨取，老百姓空有簸米舀酒的器具，又有何用！

《詩經》中有不少反映當時下層勞動者困苦生活，表達他們對專制統治者的憎恨之情的詩篇，這些作品或者直接採自勞動者的歌詠，或者由當時正直的知識分子所作，《大東》屬於後者。可以說，《詩經》中的這部分詩歌，以其直面現實、為民請命的主題，奠定了中國詩歌的一個優秀傳統，影響深遠。

【故事】

唐代的大詩人白居易之所以在中國詩歌史上佔有崇高的地位，主要是因為他的那些關心民間疾苦，痛斥社會黑暗的優秀詩篇。

白居易（七七二—八四六年），字樂天，晚年自號香山居士。原籍太原，祖上遷居下邽（今陝西渭南），生於鄭州新鄭（今河南新鄭）。白居易的家庭屬於沒有多少保障的小官僚，在他的青少年時代，曾經繁盛一時的唐王朝經過安史之亂後，正全面走向下坡路，社會

動盪不安。西面的吐蕃不斷入侵，擁有各自武裝的藩鎮節度使割據一方，為爭奪地盤而相互混戰，戰爭的中心都是在中原地帶，所以在這段時期白居易過著一種流離顛沛、衣食不足的生活，也因此對當時民間的苦難有切身的感受。

白居易是一個有理想的人，十六歲的時候，他就在《賦得古原草送別》一詩中寫出「野火燒不盡，春風吹又生」的千古名句，表達了一種積極入世、百折不撓的志氣。

唐憲宗元和元年（八〇六年），白居易到首都長安報考科舉。當時唐朝的科舉門類中有「對策」一項，即對時事的當場問答，為了準備答辯，他寫了七十五篇文章，都是對時事的針砭。其中針對朝廷橫徵暴斂、驕奢淫逸的弊端提出「戒厚斂及雜稅」，「節財用、均貧富、禁兼併」的主張，甚至公然指責說，人民之所以貧困，都是由於君主的奢侈糜爛。這樣尖銳的指責，當然讓腐朽的統治者感到下不了台，所以當白居易參加考試的時候，就因為出言太直率，不能在朝廷為官，而下放做了一個縣尉。

這樣一個卑微的職位一開始讓白居易感到不滿意，覺得沒有施展才華的空間，產生過棄官不做的念頭。但是在近兩年的縣尉任內，他進一步看到唐朝官吏對貧苦農民的壓榨，更深入的瞭解到下層人民的疾苦。在現實生活感受的激發下，他寫下了著名的《觀刈麥》、《宿紫閣山北村》等詩篇，對暴政之下農民的貧苦生活作了生動的描述，並且強烈譴責了權門貴要的掠奪行徑。

元和二年（八〇七年）秋，白居易被召回長安，十一月授翰林學士，次年五月拜左拾遺。拾遺是個諫官，職位雖然不高，但有直接批評朝政，向皇帝進言的機會。白居易自授官以後，盡職盡責，屢次上書請求革除弊政。有一次為了反對宦官掌握軍權，甚至當面指責唐憲宗的錯誤，引起皇帝的憤怒，幸有李絳的救助，才免於處罰。在這一時期，白居易「救濟人病，裨補時闕」的詩風開始成熟。在他宣導和示範下，詩壇上形成了以政治諷喻為主的「新樂府運動」。白居易在給好朋友元稹的《與元九書》這封信中，他明確提出「文章合為時而著，歌詩合為事而作」，主張文學要反映時代問題，關心國計民生，反對逃避現實、空洞無物的創作傾向。他在這一段時間的詩歌創作也達到了鼎盛期，尤其是以《新樂府》五十首和《秦中吟》等政治諷喻詩，

題材廣泛，鋒芒尖銳，直刺當權者的黑暗統治，使得「權豪貴近者相目變色」，「執政者扼腕」，「握軍要者切齒」。

元和五年（八一〇年），白居易在任期滿，應當改官，但是由於他在任諫官期內每每直言上書，為民請命，當朝權貴對他嫉恨在心，遂將他排擠出中央。第二年，白居易又因母親病故，回到了鄉里。在這段時間，白居易深感統治者的腐敗，官場的險惡，自己匡時救世的志向得不到實現，不由得產生退隱的思想。在故鄉他與農民交往密切，並親自參與田間的勞動，在感情上更加貼近人民，這些都表現在他這一段時期的作品中，如「村中相識久，老幼皆有情」以及「嗷嗷萬族中，唯農最辛苦」等等。

元和八年（八一三年），白居易再次被召回京城，但此後由於他不肯改變的直言不諱的性格，屢遭貶謫，或者只當個有名無權的閒官，救世的抱負在昏聵的朝廷裡始終得不到施展。不過，在他擔任地方官的時候，還是力所能及地為民眾做了許多有益的事情，至今蘇州、杭州等地還留有白居易為官勤政的遺跡。同時，他將自己的所見所感如實地記錄在自己的詩篇中，為世人千古傳誦。

溥天之下

【名言】

溥天之下，莫非王土。率土之濱，莫非王臣。

——《雅．小雅．北山》

【要義】

溥（音ㄆㄨˇ），也作「普」，大、全。率，自。濱，古人認為中國大陸四周環海，濱就是指大陸四周的海濱。

這句名言的意思是：「普天之下，無不是周王的領土。四海之內，無不是周王的臣屬。」

周朝比前代疆域更遼闊，周王作為「天之驕子」，分封諸侯，管理地方。這句詩不僅反

映了這種狀況，還折射出周人已經具有了大一統的觀念。儘管千百年來戰亂紛起，中華大地時分時合，但是人們歷來將統一視為正常狀態，而把分裂視為非正常狀態。歷代有作為的政治家都無不首先將結束分裂狀態，完成統一大業作為自己的使命。這已經成為橫亙古今的深層民族心理。

【故事】

從周平王元年（前七七〇年）周平王遷都洛邑開始，中國歷史進入了諸侯爭霸的春秋戰國時代。由於不斷的兼併戰爭，到了戰國末期，只剩下齊、楚、燕、韓、趙、魏、秦七個強國進行最後的角逐。當時秦國透過商鞅變法，經濟軍事獲得高度發展，成為最有實力的國家。西元前二四六年，十三歲的嬴政即位，當上了秦國的國君，統一中國的歷史重任就落在了這個少年身上。

嬴政（前二五九—前二一〇年）是秦莊襄王的兒子，出生在趙國都城邯鄲。嬴政即位後，按照秦國的制度，國君要到二十二歲才能舉行冠禮，親理朝政。在他親政前的九年裡，朝政由相國呂不韋、長信侯嫪毐（嫪毐音ㄌㄠˋ ㄞˇ）等人把持，他們都與太后有密切的關係，在朝中權傾一時，根本沒把年幼的嬴政放在眼裡。秦王政九年（前二三八年），嬴政舉行了冠禮，這個飽受權臣欺侮的年輕人，在他親政之初即表現出了異乎尋常的果決和殘忍的性格。

這時候嫪毒野心膨脹，竟盜用秦王玉璽和太后的璽印發動叛亂，進攻秦國王宮。嬴政當即派昌平君、昌文君率大軍平息叛亂，斬殺數百人，嫪毒落荒而逃。嬴政下令重金懸賞，不久嫪毒就被活捉回來，嬴政車裂嫪毒，滅其宗族，四千多戶人受到牽連，被抄家流放。

由於太后與嫪毒私通，縱容嫪毒的不法活動，嬴政連自己的生母也不放過，將太后遷到別處幽禁起來。嫪毒的叛亂也牽扯到呂不韋，但是呂不韋在秦國擔任了十多年的相國，號稱「仲父」，為人精明強幹，頗有政績聲望，所以嬴政對他採用了和緩步驟。親政的第二年，嬴政先藉故免去呂不韋的相國職務，將他趕出國都咸陽，遷居封邑洛陽，並寫信譏諷說：「你對秦國有何功？卻封土洛陽，食邑十萬！你與秦國有何親？卻號稱仲父，妄自尊大！」接著又將他全家遷到偏僻的西蜀。呂不韋難以忍受這番羞辱，自知難逃一死，便服毒自盡。從此，年輕的秦王徹底剷除了呂、嫪勢力，開始獨攬國家大權。

在清除異己勢力之後，嬴政開始搜羅人才，組織自己的文武班底。李斯是楚國人，荀子的學生，曾經是呂不韋的食客。李斯藉各種機會向嬴政勸說：「憑著秦國的強盛和大王的賢明，統一天下就像廚婦掃除灶上的灰塵一樣，易如反掌。現在如果懈怠而喪失這難得的機會，等到六國都強大起來聯合攻秦，到那時即使有黃帝的賢才也不能實現統一了。」

嬴政受到這番話的鼓舞，決心以統一天下為己任。他拜李斯為長史，聽取他的各項計策，積極進行進攻六國的準備。嬴政還任用來自魏國的軍事家尉繚擔任國尉，掌管兵權，以

本國能征慣戰的王翦、王賁、蒙武和蒙恬等人為將領，以能言善辯的頓弱、姚賈出使六國進行離間，一時間秦都咸陽人才鼎盛，秦國國力蒸蒸日上。做好了國家內部的治理後，嬴政開始發動消滅六國，統一天下的爭戰。

秦國的第一個目標是韓國。韓距離秦最近，又是六國中最弱小的國家，所以秦國大軍一到，韓王安就主動獻出南陽，拱手稱臣。秦王政十七年（前二三〇年），秦軍再次攻韓，俘虜韓王安，盡取韓地，置為潁川郡。

秦王政二十二年（前二二五年），嬴政派大將王賁攻魏，引黃河、大溝水灌魏國都城大梁。三個月後大梁城壞，魏王出降，魏國滅亡。

滅魏之後，嬴政想一舉滅楚。六國之中，楚國最大，實力雄厚，對楚作戰的難度最大。嬴政問手下眾將伐楚需要多少軍馬，年輕將領李信回答只需二十萬，老將王翦堅持需要六十萬。嬴政認為李信勇敢，嫌王翦怯懦，就命李信領兵二十萬攻楚，王翦憤而告病歸鄉。結果李信被楚軍所敗，狼狽撤退。嬴政後悔莫及，親自到王翦家鄉道歉，請王翦再次出山。王翦仍然堅持需徵調六十萬大軍方能伐楚，嬴政如數調撥，並在出征之日親自送行。王翦領兵連敗楚軍，於秦王政二十四年（前二二三年）滅楚，次年又平定了楚的江南地區，設置會稽郡。

早在滅楚之前，秦軍就已派兵駐守易水，準備進攻燕國。燕太子丹為延緩秦國進兵，派

刺客荊軻入秦刺殺秦王，但行刺未遂。嬴政暴怒之下於秦王政二十年（前二二七年）派王翦、辛勝大舉攻燕，在易水之西大敗燕軍。次年又增派軍隊，攻陷燕都薊（今北京）。燕王喜逃到遼東，並殺太子丹向秦軍求和。秦王政二十五年（前二二二年），即滅楚後第二年，嬴政又派王賁攻打遼東，俘虜燕王喜，燕國滅亡。

秦國的下一個目標是趙國，但是趙國任用名將李牧，連敗秦軍，雙方形成僵持局面。秦王政十六年（前二三一年），趙國發生大地震，第二年又發生大饑荒。嬴政趁機於秦王政十八年（前二二九年）發兵兩路攻趙，一路由王翦率領直下井陘，一路由楊端和率領圍攻趙都邯鄲。趙國派李牧、司馬尚率軍抵抗。秦國賄賂趙王寵臣郭開，造謠說李牧和司馬尚欲謀反。趙王中計，殺李牧，收司馬尚兵權，派趙蔥、顏聚代替他們，結果被秦軍大敗。秦王政十九年（前二二八年），趙王遷被俘，公子嘉率數百名族人逃亡到代，自立為代王，東與燕國合兵，駐軍上谷。秦王政二十五年（前二二二年）秦滅燕後，回兵攻代，俘虜代王嘉，趙國徹底覆亡。

秦王政二十六年（前二二一年），秦國大將王賁率軍從燕國南下攻齊。齊國長期屈服於秦，又遠離中原戰場，根本沒有戰鬥準備。王賁軍隊勢如破竹，齊國很快滅亡，齊王建被俘。

從秦王政十七年（前二三〇年）滅韓開始，嬴政用了十年的時間，終於兼併六國，使中

國出現了第一次全國大統一局面。完成統一大業後，嬴政著手進行了一連串的政治改革，如廢除周朝的分封制度，設立郡縣，統一度量衡等有助於國家統一的措施。派兵南征北戰，收復了被匈奴奪取的河套地區，將嶺南地區劃入版圖。秦國的疆域，東至遼東，西至隴西，北至陰山，南至南海，奠定了中國遼闊疆域的基礎。

營營青蠅

【名言】

營營青蠅，止於樊。豈弟君子，無信讒言！

——《雅・小雅・青蠅》

【要義】

營營，既可形容蠅飛之貌，也可形容蠅飛之聲。青蠅，綠頭蠅，詩中以其散佈污穢比喻巧讒之人造謠中傷、顛倒是非的卑劣活動。

樊，籬笆。豈弟（音ㄎㄞ ㄊㄧ），平易近人。無信，不要相信。

名言的意思是：「綠頭蒼蠅營營亂飛，停在籬笆上。和悅近人的好人，莫相信讒言！」

《青蠅》是一首諷刺周幽王聽信讒言、誤國亂政的詩歌。詩中巧妙地用到處飛舞、傳播瘟

疫的綠頭蠅作比喻，形象生動地描繪出了進獻讒言的奸佞小人醜惡卑劣的嘴臉，指出他們的危害，既而規勸人們看清他們的本來面目，不要為他們的花言巧語所蒙蔽。今天人們指責這樣的人，還經常說「蠅營狗苟」這個成語，也是從這首詩演化出來的。

【故事】

盧杞（七三四—七八五年），字子良，滑州靈昌（今河南滑縣西南）人，是中唐臭名昭著的奸臣。

盧杞出身於名門望族，祖上很多人在朝中擔任重要官職，而且名聲很好。他的父親盧奕，在「安史之亂」的時候奉命鎮守洛陽，城被攻陷，視死如歸，英勇就義，受到人們的景仰和朝廷的嘉許，是有名的忠臣。然而，盧杞本人卻絲毫沒有繼承父親的氣節，不光是不學無術，而且心胸狹窄，不能容人，但是生就一張巧言令色的嘴巴，完全靠父輩們的功勳和自己諂媚的功夫得以混入朝廷，擔任官職。唐德宗皇帝受他的蒙蔽，對他非常信任，認為他有宰相的才能。恰巧當時擔任門下侍郎、同平章事（唐代宰相官職）的楊炎處事有誤，引起德宗不滿，被遷為中書侍郎、同平章事，於是就任命盧杞擔任楊炎原來的官職，與楊炎共同執掌宰相的職務。

盧杞並無治國的才能，但是卻很貪戀權勢，為了鞏固自己的地位，到處收羅奸佞醜類為

黨羽，與奸臣裴延齡、趙贊、白志貞等結為朋黨，互相推捧。盧杞相貌醜惡，有人見了他，覺得他像惡鬼。他在表面上並不流露出自己的想法，但是內心裡卻狡詐無比。有些明眼人瞭解他的品性，都不願與他結交，有意躲避他。當時因平定「安史之亂」而受人尊敬的大臣郭子儀生了病，文武百官都去探望。郭子儀通常都不讓在身邊伺候的姬妾迴避，唯獨盧杞登門的時候，他卻急忙讓姬妾們到別的房間去，獨自接待盧杞。家人很奇怪，問他為什麼這樣，郭子儀解釋說：「盧杞這個人，相貌醜陋而內心陰險。女人們見到他的外貌，肯定會取笑他，日後假如盧杞得志，肯定會因為這件小事進行報復，所以不得不防啊！」當時郭子儀功勞卓著，位極人臣，皇帝都稱他為「尚父」以示尊崇，連他這樣的重臣都要防範盧杞，可見盧杞為人有多險惡。

盧杞自知不是靠正途出身為官，因而特別嫉恨那些有才學，透過進士考試入朝為官的大臣。想方設法對他們進行構陷，製造冤獄，濫殺無辜，藉此樹立權威。楊炎與盧杞同為宰相，但與盧杞大不一樣。楊炎不僅一表人才，博學多聞，文辭雄麗，而且精通政務，有出色的政治才能，是真正的宰相之才。楊炎根本就看不起盧杞這樣無才無德的小人，恥於跟他討論政事，在處理朝政上往往意見不一致，這自然招致了盧杞的切齒痛恨，必欲除之而後快。有一次，德宗向他們兩人徵求有關職位的人選，盧杞知道張鎰是三朝元老，很受德宗的器重，於是就推薦張鎰、嚴郢，而楊炎則推薦有才能的崔昭、趙惠伯，結果德宗採納了盧杞的

意見，對楊炎很不滿意。

建中二年（七八一年）六月，山南東道節度使梁崇義造反，德宗想派淮西節度使李希烈率軍前去征討，楊炎認為李希烈是忘恩負義之徒，不能重用，向德宗諫諍，德宗不聽。七月，李希烈軍因雨滯留不前，德宗不知道實情，感到奇怪。盧杞藉機詆毀楊炎，對德宗說：「李希烈停留不前，都是因為楊炎。陛下不如暫時將楊炎罷免，使李希烈沒有顧慮，等到事情平復之後再重新起用楊炎就是了。」

德宗信以為真，就罷了楊炎的宰相之位，降為左僕射，而用張鎰代替楊炎職務。楊炎上朝拜謝，對盧杞仍然傲然視之，盧杞更加懷恨在心。於是盧杞起用楊炎的政敵嚴郢為御史大夫，一起謀劃對付楊炎。楊炎曾經託河南尹趙惠伯將他在洛陽的私宅出售，趙惠伯將其賣給官府充作庫房。盧杞就在這件事上大作文章，他讓嚴郢上書彈劾，稱楊炎身為宰相，命令下屬官吏把私宅高價售給官府，是貪贓枉法，應該嚴懲。盧杞當即命令大理寺判決定罪，大理寺按照刑律，裁定罷官處理，盧杞認為太輕，改換他官重新審議，最後定為絞刑，定罪之後才奏聞德宗。盧杞擔心德宗心軟，又污蔑楊炎有造反之心。德宗果然大怒，下令縊死楊炎，趙惠伯也同時被殺害。

楊炎死後，其職位由張鎰代替，因此張鎰又成為盧杞獨攬大權的障礙。不過張鎰是三朝元老，很受德宗推重，光靠誣陷是很難奏效的，於是盧杞就尋找機會排擠他。建中三年（七

八二年）四月，朱泚（泚音ㄘˇ）在鳳翔有異志，德宗想派人代替他。於是盧杞就故意進言說：「朱泚名位很重，風翔將校的級別也高，不是宰相級別的大臣很難鎮撫，請任命我如何？」

德宗沉吟不語，盧杞知道皇帝心意，暗示說：「皇上知道我其貌不揚，威服不了三軍，真是英明啊！」

德宗果然對張鎰說：「你才兼文武，德高望重，只有你堪當此大任。」張鎰雖然知道盧杞排擠自己，但是也無可奈何，只好接受任命。張鎰被排擠出朝廷後，盧杞獨攬大權再也沒有什麼阻礙。從此朝中賢良大臣無不受到他的欺壓凌辱，朝政一片混亂，地方趁機造反叛亂，「安史之亂」後剛剛恢復的安定局面又被破壞。直到天人共憤，德宗才終於醒悟了，把盧杞趕出了朝廷。但這時唐朝已經是元氣大傷，政治上的頹勢再難挽救了。

盧杞為了一己私利，投機鑽營，諂媚構陷，禍國殃民，無所不用其極，真像綠頭蠅一樣讓人憎惡。

周雖舊邦

【名言】

周雖舊邦，其命維新。

——《雅・大雅・文王》

【要義】

邦，國。命，古代講的「天命」有宗教迷信色彩，也與人生不可捉摸的命運相關。維，連詞，則。

這句名言的意思是：「周雖然是歷史悠久的國家，但是其受天命伐商建國，則是新興的國家。」

《文王》一詩，是《大雅》的首篇，相傳是周公所作，透過歌頌文王的功業來勸勉成王。

周部落興起於渭水流域的岐山，是著名的農業部落。傳說周人祖先棄在夏朝（另說為帝堯時代）的時候被任命為「后稷」，掌管稼穡。後來經過幾代有才能首領的努力，到周文王的時候已經相當強大。文王實行仁政，國力益強，為武王伐紂大業奠定基礎。後代儒家將周文王與堯、舜、禹、湯等古代賢王並列尊崇，視為能施行仁政王道的典範。《詩經》當中頌揚文王美德功績的篇章甚多，此篇最具代表性。

【故事】

周王季歷被商王文丁殺死後，他的兒子姬昌繼位，這就是後來著名的周文王。相傳周文王在位五十年，他在位期間為滅商做好了充足的準備。

文王是個很勤奮的執政者，在打獵、遊樂上很節制，整日勤於政事，從早上忙到中午，連飯都顧不得吃。對於祖先們的德行，他一向很尊崇。重視發展農業，同時禮賢下士，敬重長者。伯夷和叔齊是孤竹國的王子，為了把王位讓給弟弟，他們跑到文王那裡，文王對他們很尊重。太顛、閎夭、散宜生、鬻子、辛甲大夫都是有名的賢人，也都來投奔文王。

這時還有一個非常具有軍事才能的賢人叫姜子牙，他的祖先在夏朝曾經被封於呂，所以又姓呂。他原是東方人，曾在商都朝歌當過屠夫，又在孟津賣過酒，年過花甲仍然沒有用武之地。他得知文王有賢德，就來到周國境內岐山腳下的茲泉釣魚，希望有機會遇到文王。果

然皇天不負苦心人，文王有一天出獵的時候遇到了他，相談之後十分投機。文王高興地說：「我先君太公早就盼望有賢人來輔佐，您大概就是我先君太公盼望已久的賢人吧！」因此人們也稱姜子牙為「太公望」。文王當即同車載著太公望回朝，拜為軍師。姜子牙果然不負所望，老當益壯，替文王謀劃了許多國家大計。史書上說：「天下三分，其二歸周者，太公之謀計居多。」

由於文王的勤政愛民和眾多賢人的輔佐，周國的國勢愈來愈強盛。商王都不得不封文王為「西伯」，有征討叛亂諸侯的大權。諸侯們也信服他，有了爭端都找他來評判。

有一次虞國和芮國發生爭執，就到周國找文王評理。他們進入周國地界後，看到周國的農民互相謙讓田界，人們都尊敬長者，官吏們也不爭權奪利，感到很慚愧，相互說：「我們所爭的，是周人認為可恥的，還去幹什麼，只會自找羞辱。」於是也不去見文王了，轉身相互謙讓著回去了，他們的爭端也就此平息。諸侯們聽說了這件事，都很感嘆，悄悄地傳言：「西伯可能是一位承受天命的君主啊！」

崇侯虎在紂王面前陷害文王說：「西伯多行善事，諸侯都歸附於他，會對您不利的。」於是紂王就將文王囚禁在羑（羑音ㄡˇ）里（在今河南湯陰）。據說文王在被囚禁期間研究《易》，將原來的八卦增為六十四卦。周的大臣們很著急，於是就想了一個辦法：花重金買了有莘氏的美女、驪戎的文馬（一種紅鬃白身的駿馬）、有熊氏的三十六匹好馬以及其他珍

寶，透過商朝的寵臣費仲獻給紂王。紂王大喜，說：「這些東西，只要有一種就可以釋放西伯了，何況這麼多啊！」於是就赦免了文王。

經歷這件事後，文王表面上仍然臣服商王，但是暗中開始著手軍事行動。他先征伐了西戎（今陝西鳳翔以西）、混夷（今陝西岐山、邠縣一帶）等少數民族和密須（今甘肅靈台西）、阮（今甘肅涇川東南）、共（今甘肅涇川北）等小國，為周國軍隊向東挺進了卻了後顧之憂。接著，文王開始組織力量拔除東進的障礙。先後剿滅耆（今陝西黎城）、邘（今河南沁陽）和崇（今陝西戶縣東），將都城遷到豐（今西安西南），虎踞關中，商的都城都在周人的鉗形包圍之中。

不過，周文王沒來得及完成滅商的大業，在遷都於豐的第二年就去世了，但是他已經為繼承者創造了克商的充足條件。周這一古老的國家，也因此有了新的命運。

追琢其章

【名言】

追琢其章，金玉其相。

——《雅・大雅・棫樸》

【要義】

追、琢，都是雕琢的意思。章，同「璋」，指美玉。這句名言的字面意思是：「金玉有美好的本質，又加以精心雕琢，便成為美好的璋。」比喻本身具有美好資質的人，再加以培養，便能成為傑出的人才。

《棫（音ㄩˋ）樸》一詩，是讚頌周文王善於鼓勵、培養、任用人才的詩。所引一句，對「人才」的內涵作了一種詮釋，說明人才的長成既需要先天的素質，也要靠後天的培養，兩

個因素是互為表裡，不可或缺的。古人這種真知灼見傳世幾千年，直到今天也非常適用。類似這種比喻的說法，後代也一再出現，比如「玉不琢，不成器」等等，成為經典性的用語。

【故事】

唐代著名詩人王勃（六五〇—六七六年），是詩歌史上鼎鼎有名的「初唐四傑」之首，他的文學創作與活動對革新唐初詩風、開創唐詩藝術繁榮興盛的局面產生了重大作用。「詩聖」杜甫曾以「不廢江河萬古流」的詩句高度評價王勃等人的歷史地位。王勃年少時便以「神童」聞名於世，因而也流傳下了很多有趣的傳說，最膾炙人口的當然莫過於他十四歲時寫作《滕王閣序》的故事。

據說，王勃十四歲時，前往交趾（古地名，指五嶺以南一帶的地方）探望外出做官的父親，途中路過南昌。當時正值九月九日重陽節，當地官員洪州都督閻公打算那天在滕王閣舉行一次宴會。除了按照節日習俗大家在一起歡宴之外，閻公肚子裡還打著一個小算盤，想藉這個機會向大家顯示一下自己女婿的文才，並以此抬高自己在親朋同僚中的地位。於是他就做了一件很不光彩的事情：讓女婿事先寫好一篇宴會「即景」的文章，準備到時候一鳴驚人。

宴會如期舉行，王勃也在受邀之列。剛剛開始不久，閻公就故意命人拿出紙筆，假意地

請在座的賓客即景為文。在座的有不少文人，然而他們大多是深諳世故，知道都督的用心，或者沒有很好的構思，因此都說擔當不起，推辭掉了。當閻公滿面笑容地將紙筆遞到王勃面前的時候，滿以為這個小毛孩子會不知所措地趕快推辭，卻不料王勃連句謙遜的話都沒說，提筆就寫。

這一下子把閻公的如意算盤全都打亂了！他臉上的笑容僵住了，心中的怒火也快壓制不住了，就藉故更衣，離開了這令他尷尬的場面。不過他又不放心，派了個人去看王勃寫了些什麼。

剛開始，探聽的人回報說：「南昌故郡，洪都新府……」閻公很不屑地嘲笑說：「這不過是老生常談罷了。」接著又報說：「星分翼軫，地接衡廬……」閻公聽了有些驚訝，沉吟不語。當聽到報「落霞與孤鶩齊飛，秋水共長天一色」一句的時候，閻公倏地站起身，說：「這是個天才啊，這篇文章可以千古不朽了！」於

是，那點私心全丟在腦後，連忙趕回，等王勃寫完全文，與賓客們一起，邊欣賞奇文，邊飲酒歡宴。自此以後，王勃的才名與詩文為人們廣為傳誦。

不過，王勃之所以年齡幼小就能寫出千古流傳的華章，並不僅僅得益於先天的稟賦，後天各種條件也許更具有決定性。王勃的祖父王通，是隋代著名的學者和教育家；叔祖王績，也是當時著名的詩人；他的父親、五個兄弟，都因文才出眾而受時人的讚譽。書香世家為他的成長營造了良好的氛圍，使他幼年便得到父兄的啟蒙教育，他自己也勤奮好學，善於思索。

據說王勃九歲的時候，讀顏師古的《漢書注》，就發現了其中的錯誤，還為此寫了《指瑕》十卷。這說明他那源源不斷的文學才思不僅出自稟賦的穎悟，還來自深厚的學力基礎。

唐代出了不少年少才高八斗的大詩人，同為「初唐四傑」的駱賓王，被譽為「詩仙」的李白，中唐以後的白居易、李賀，都是未到成年，才名便廣為人知。在這些美玉般資質的另一面，也有著「吟安一個字，撚斷數莖鬚」、「嘔心瀝血」的辛勤「雕琢」。

刑於寡妻

【名言】

刑於寡妻，至於兄弟，以御於家邦。

——《雅・大雅・思齊》

【要義】

刑，儀法、制度。寡妻，正妻。

御，通「迓」（音ㄧㄚˋ），本意是迎接的意思，在這裡引申為「推及」、「遍及」。

這句名言的意思是：「儀法達於正妻，至於同宗兄弟，推及邦國各地。」

《思齊》是讚頌周文王能夠以其「聖德」規範家族，從而鞏固邦國的事蹟。按照詩中所體現的精神，中國文化從周文王開始就奠定了那種以血緣宗法為核心的社會政治制度，即國家

的體制是從家庭倫理的儀法中推演出來。上引詩句就描述出了這樣一條線索：從夫妻之間的關係，推及兄弟之間的關係，再推及君臣邦國之間的關係。在中國的傳統中，「國」與「家」在本質上是一體的，具有同構性。後代的儒家明顯地繼承了這一傳統並加以深化，成為中國封建時代在社會政治制度上最為顯著的特色，從而有別於西方的傳統。拋開其中的封建宗法色彩，注重家庭的和睦一直是中華傳統美德，即便在今日也是要繼續保持，發揚光大的。

【故事】

唐朝有一位叫舒元輿的人，家鄉是浙江的東陽縣。舒家雖不是一個大家族，但也算是書香門第，奉行著耕讀傳家的傳統。他為人正直，具有治國安邦的志向，讀書非常用功。在家中，舒元輿排行老大，下面還有兩個年幼的弟弟，作為兄長，他對弟弟愛護有加。在讀書之餘，他也擔當起教育弟弟的責任，希望他們將來都能成為棟樑之材。

皇天不負苦心人，經過十年寒窗苦讀，元和八年（八一三年），舒元輿考中進士，被朝廷授予官職。由於他精明強幹，政績突出，職位不斷提升，一直當到同中書門下平章事，屬於副宰相級別。由於舒元輿一直在外做官，政務繁忙，很少有機會回家鄉省親。最讓他放心不下的就是兩個弟弟，一旦有機會就向家鄉來人打聽弟弟們的情況，並經常寫信回去探詢。

有一天，一位鄉親剛剛到京，前來拜訪，舒元輿很高興地接待了他。聊了一會兒他就迫不及待地問起弟弟們的情況。客人面有難色，說話也有些吞吞吐吐。舒元輿著急地請求說：「請您把真實的情況告訴我。」

客人推辭不過，才說了實話。原來自從舒元輿離家赴任之後，他的兩個弟弟慢慢地懶散起來，覺得有這樣一個做大官的哥哥撐腰，不需要自己再努力了，於是成天不是睡懶覺，就是外出遊樂，不僅學業逐漸荒廢，家道也開始敗落了。

送走客人後，舒元輿悶悶不樂地回到書房，提起筆來想給弟弟們寫封信，但是又不知該如何寫起。他抬頭環顧四周，忽然注意到牆上掛著的那把他珍愛的寶劍，心中一亮，就在信中講了不久前發生的一件事情。

這把寶劍是多年前一位朋友送的，是良工打造、鋒利無比的珍品，舒元輿一直視為寶物，非常珍愛它，還特意請人做了一個漂亮的劍匣，把寶劍藏在裡面，不輕易取出來。過了幾年，他打開劍匣，卻發現寶劍生鏽了。舒元輿覺得很可惜，心裡老是念叨著要找一塊好石頭，把寶劍磨回原樣。後來碰巧在經過岐山腳下的時候，他拾到一塊紋理特別細的石頭，覺得可以用來當磨刀石。回到城裡他專程到有經驗的工匠那裡詢問，工匠們都說這是一塊好石頭，可以用來打磨寶劍。舒元輿興沖沖地親自操作起來。可是磨了幾天之後，鐵鏽是磨掉了，但劍刃卻還是很鈍，根本不像原來那麼鋒利。這時候他有些洩氣，勁頭不像剛開始那麼

足了。為什麼磨了好幾天，效果仍然不明顯呢？他懷疑工匠是在騙他，就跑去質問。工匠聽了他的話，看到他著急的樣子，呵呵笑起來，然後告訴他，不是石頭有問題，而是他的功夫沒用到家：「這種石頭質地非常細密，所以不能在短時間裡將堅硬的鐵器打磨鋒利；但是只要慢慢來，用不了一個月，就能見出成效。」舒元輿按照工匠的指點，耐心地繼續打磨，不到一個月，寶劍果然起了變化，光可鑑人，鋒利無比，比當初得到它的時候還要鋒利百倍，用來切三十枚銅錢，都應聲而斷。

舒元輿講這件事情，是希望弟弟們能夠懂得，一個人的操行與成就是要靠日積月累不間斷地砥礪才能取得的，鼓勵他們堅守這種「砥礪」之道，最終能像這把寶劍一樣，重現光彩。他在信中感慨道：

「人生在世，假使沒有目盲、耳聾、啞巴等殘疾，那麼這個人就是健全之人了。但是如果放棄了砥礪德行的正道，反而放縱自我去做壞事，就好比任由骯髒的灰塵漸漸積成塵垢，自己都察覺不到，長此以往就會泯滅人的良知天性。這樣的人，生前就如行屍走肉，死後混於灰土之中，沒有為世間做出任何貢獻。這樣的人生，豈不是辜負了天賜的日月光陰嗎？」

舒元輿不僅給弟弟們寫下這篇題為《貽諸弟砥石命並銘》的著名文章，而且也以自己的實際行動做了表率。當時朝廷宦官當政，把持國家大權，賣官鬻爵，禍國殃民，作為一位忠直的大臣，他積極參與了剷除宦官的活動，不幸事敗被殺。

厥初生民

【名言】

厥初生民，時維姜嫄。

——《雅．大雅．生民》

【要義】

厥，助詞。初，起初、最初。生，生育。民，人，這裡指周人的始祖后稷。時，是。維，助詞。

姜嫄，傳說為后稷之母，炎帝的後裔，姜姓，名嫄，上古部落有邰氏的女子，也有傳說為上古帝王帝嚳（嚳音ㄎㄨˋ）的妃子。嫄（音ㄩㄢˊ），有「本原」的意思，也寫作「原」。

這句名言的意思是：「起初生育周人祖先的，就是姜嫄。」

《生民》一詩的內容，是關於周人起源的神話傳說。詩中細緻地描繪了作為周人始祖的后稷的神奇誕生、成長經歷和進行播種、耕種、收穫等農業活動以及豐收之後向上天祭祀時欣喜歡愉的心情。華夏文明的源頭雖然要比周代更早，但是作為數千年延續不斷的以農業文明為基礎的民族文化心理以及各種禮儀規範和典章制度，卻是由周人開始確立起來的，因此這首詩具有豐厚的史料價值和民族文化學意義。

從藝術上講，《生民》也有其獨特的文學價值。中國古典詩歌從《詩經》開始即確立了以抒情為主的傳統，敘事詩的詩篇數量很少，尤其沒有希臘、印度式的長篇史詩。然而，《生民》以及《大雅》當中的《大明》、《綿》、《皇矣》、《公劉》等少數詩篇，敘述周人部落的起源變遷，帶有明顯的史詩色彩，其特殊的文學史地位是無可取代的。

【故事】

相傳在夏朝的時候，關中平原東部（今陝西武功西）居住著一支以農耕為主的氏族部落有邰氏，部落中有個出眾的女子叫姜嫄。她虔誠地敬奉神明，經常進行祭祀和禱告。在她崇奉的神明當中，有一位神叫做禖（音ㄇㄟˊ）神，是掌管生育子嗣的。姜嫄希望自己將來能夠生一個出色的兒子，所以有一天她特意來到郊外，點著準備好的香料，一縷青煙裊裊升起。這種祭祀方式叫做「禋」（音ㄧㄣ）。姜嫄祈禱著，希望這縷青煙能將她的願望傳遞給天上的神

明。在回來的路上，她驚奇地發現有一個巨大的腳印。她將自己的腳踏上去比較，僅僅跟它的拇趾差不多。真是不可思議，誰會有這樣大的腳掌？姜嫄滿懷疑惑地回到家中。姜嫄不知道，她剛剛踏上的腳印正是天上神明的足跡啊！於是，奇妙的事情接踵而至。

不久，姜嫄發現自己有了身孕。按照習俗，她被單獨安置在一間房屋中，受到妥善的照料。儘管姜嫄是第一次懷上孩子，但卻一直很順利，足月後產下一個健康活潑的男嬰。隨著孩子的降生，麻煩也來了。要知道姜嫄還是未成親的姑娘，怎麼會生出孩子來呢？孩子的父親是誰？這真是一件怪異的事情，連剛做母親的姜嫄自己都說不明白這是怎麼回事。這不會給部落帶來什麼災難吧？年輕的母親疑惑著，最終做出了令她心痛的決定。

一天，姜嫄偷偷地抱著孩子走出家門，找到一處偏僻的小巷。就是這裡吧，母親含著淚將酣睡的嬰兒輕輕放下，戀戀不捨地離開了。神明開始顯現祂奇妙的法力：在這人跡罕至的陋巷，每當孩子感到飢渴，總有牛羊經過，給孩子哺乳，孩子愈加健壯。過了一些時候，放不下心的母親又來到小巷，驚異地看到這樣的場景，更懷疑這孩子的不祥。於是她走得更遠，準備將孩子拋棄到野獸出沒的森林。然而她來到森林，卻碰到一批伐木的工人，她只好離開。

狠心的母親第三次將孩子拋棄在寒冷的冰上，成群結隊的鳥兒飛來了，牠們用翅膀將孩子包裹著，一點兒也不覺得冷。當鳥群離開時，孩子開始哭了，那聲音悠長洪亮，所有在街

道上行走的人都聽到了。所有這些神奇的事情，終於讓姜嫄明白自己的兒子一定是神的恩賜，受到神的眷顧。她不再驚疑不定了，把孩子抱回來，倍加疼愛，以彌補自己的過失。為了紀念這孩子不幸而又神奇的經歷，姜嫄給他取名叫做「棄」。

棄在母親的悉心照料下茁壯地成長，很快就學會爬，接著就能站立，還能把腳跟翹起來，餓了的時候自己就能去找東西吃。棄是個聰明的孩子，在小時候就表現出對農業的熱愛和種植的天賦。對他來說，最好的遊戲就是跟著族人一起到田野勞作。在棄的家鄉，有一條小河叫漆沮，彎彎曲曲一直流入渭河，這一帶的土質疏鬆肥沃，非常適宜農業的發展。棄喜歡種大豆和麥子，每當豆苗和麥苗破土而出、染綠了整個田野的時候，棄就興奮、欣喜不已。

時光飛快，棄長大了，成為一個種莊稼的能手。他改進了耕作的技術。教給人們許多方

法以提高產量：要考察土質，看適合種什麼作物；要將田裡的野草除去，以免侵佔作物的地盤和養分；還要精心選擇優良的種子。棄一直保持著兒時對田野的熱愛，每天都要去查看莊稼生長的情況。什麼時候嫩芽破土，什麼時候拔稈結穗，什麼時候籽粒成熟，莊稼的每一點變化都讓棄孩子似的歡笑起來。當然，最快樂的時刻莫過於收穫的季節了，棄帶領著族人成天在田地上忙碌著而不感到疲倦。金黃的穀子覆蓋著廣袤的田野，人們有的抱著，有的背著，帶著豐收後的喜悅滿載而歸。遵照習俗，每次收穫之後照例要向上蒼獻祭祈福。全部落的人們都行動起來，有的篩糠舂米，有的淘米下鍋，還有的殺豬宰羊，不一會兒誘人的香氣就瀰漫了整個村寨。棄率領人們進行祭祀，感謝上帝賜予的豐收，並祈禱來年的風調雨順。

棄的名聲愈來愈大，很多人來到邰居住，學習先進的農耕技術，部落的規模愈來愈大。夏王聽說了棄的事蹟，就封棄為「后稷」，也就是主管農業的大臣。棄死後，被人們奉為農神。他的部落由於掌握了先進的農業技術，發展得愈來愈強大，最終建立了周王朝，棄被奉為周人的始祖。

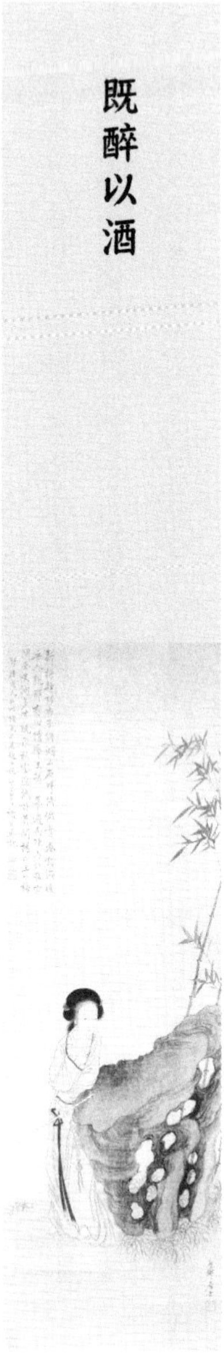

既醉以酒

【名言】

既醉以酒，既飽以德。

——《雅・大雅・既醉》

【要義】

既，盡。意思是：「暢飲美酒已經陶醉，又飽受主人的美德。」《既醉》一詩，是周代貴族祭祀宗廟之後，對主人的頌揚和祝福之詞。「醉酒飽德」後已成為宴會之後賓客道謝主人的文雅用語。與《小雅・湛露》單純描寫醉酒的熱鬧場面不同，這首詩更將「酒」與「德」聯繫在一起，用一種比擬性的說法，來讚頌品德的高貴。

自古以來，有很多以善飲而著稱的歷史人物青史留名，然而他們之所以能為史書所採

錄，為後人所銘記，卻不是僅僅因為他們的豪飲，最重要的是他們德行為時人所敬重。否則的話，一個醉鬼又有什麼值得欣賞的呢？

【故事】

西漢末年的名士陳遵，字孟公，在歷史上以好酒善飲著稱。據說他每次飲宴，待賓客滿堂後，就讓人把大門鎖上，還把客人們的車乘上連接車軸和輪子的「轄」丟到井裡，這樣大家就算想逃走也沒有辦法。於是，只好被他灌醉，盡歡而散。

有一次，一位刺史要到上級官署中奏事，路過陳遵家，順便拜訪，正好碰到陳遵在請客喝酒，身不由己地被拉到宴席上。陳遵也不管人家有事在身，硬是關起門來不放他走，逼著他喝酒。刺史哭笑不得，心裡十分焦急，擔心這樣喝下去不知道什麼時候才能脫身。幸虧這位刺史是個聰明人，當他看到陳遵有點醉意的時候，趁他不備，突然闖進內室拜見陳遵的母親，叩頭訴說了自己的窘迫，陳母就讓他從後邊小門出去了。這件事情在當時傳為笑談。不過，陳遵雖然喜歡喝酒，但是正經事卻處理得很好，從沒耽誤過。

陳遵身高八尺，長頭大鼻，容貌非常雄偉，而且文采過人。陳遵的書法非常好，他寫信給人，收信的人都將它當作寶貝收藏起來，而且還拿出來向他人炫耀。陳遵為人很仗義，所以名聲很好，所到之處，有身分有地位的人都爭先恐後地招待他，喜歡飲酒的也樂意到他府

上一醉方休。因此，陳遵家裡可以說是「座上客常滿，杯中酒不空」。當時在朝為官的人當中有個和陳遵同姓同字的人，有一次到別人門外，看門人通報說陳孟公造訪，在座的人都為之動容，起身迎接，結果一看不是陳遵，都覺得好笑，於是就給這位「陳孟公」起了個綽號叫「陳驚座」。

西漢末年朝廷腐敗，民不聊生，外戚王莽趁機奪取了皇位。為了拉攏才學之士，聽說了陳遵的名聲，加上在朝的官員也一力舉薦他，於是就任命陳遵為河南太守。陳遵上任後，召來十個善於書寫的小吏坐在自己面前，為他寫私人書信給長安城裡的老朋友。陳遵靠在案几上，口授書信給書寫的小吏，同時辦理公事，寫成書信數百封，親疏各有分別，文辭精彩，而公事也辦理得井井有條。整個河南士人聽說了他的行狀，都驚嘆他的才學。

陳遵這個人，不是那種拘泥於封建禮法的道學家。他的品德是一種發自純潔心地的自律，把與朋友飲酒作為一種人生的樂趣和自由個性的展現。但在世俗的人看來，他的行為是荒唐的，因而招致了這些人的嫉妒和詆毀，只當了幾個月的官就被罷免了。

陳遵被罷官的經過是這樣的：當初陳遵被任命為河南太守時，他的弟弟陳級恰好也被任命為荊州牧，上任之前，兄弟倆去告別長安城的老朋友。一次，他們一起去看望死去的老朋友淮陽王的遺孀左氏，飲酒作樂，這件事成為別人的把柄。後來被司直陳崇聽說了，就上書彈劾說：「陳遵兄弟有幸得到皇上的恩寵，超過了其他人。陳遵得到列侯的爵位，有幸官至

郡守；陳級奉命為州牧，負責監察郡縣。他們兩人本應該以推舉正直、發現邪偏、宣揚聖上的教化為職務本分，但事實上並沒有端正自身謹慎從事。當初陳遵才剛授官，就乘車進入市井小巷，看望寡婦左阿君，擺設酒宴，唱歌作樂，陳遵還起身跳舞，在座位上跌跌撞撞，天晚了還留宿在那兒，讓左阿君充當侍婢服侍他。陳遵知道飲酒應該有節制，按禮節不應該進寡婦的家門，可是他卻沒有這樣做。他的行為辱沒了自己的爵位和官印，讓人不忍目睹，無法忍受。我請求聖上將他們兩人都罷免。」就這樣，在一種可笑的封建禮教的攻擊下，陳遵又回到長安家中。不過，他回來後，賓客反而更多，飲宴一如既往。看來，多數人的道德評判標準與陳崇並不一致。

陳遵好酒貪杯儘管不值得提倡，但是在封建社會束縛人的個性的禮教壓抑下，他把酒作為一種反抗方式，體現出他的豁達胸襟和異於流俗的高貴品質，是把「酒」與「德」完美地結合在一起，因此才會有那麼多人願意成為他的「酒友」。

殷鑑不遠

【名言】

殷鑑不遠，在夏后之世。

——《雅‧大雅‧蕩》

【要義】

殷，指商朝。商朝屢次遷都，直到盤庚遷到殷（今河南安陽）才安頓下來，因此商又稱為殷。鑑，本為古代青銅器名，古人每盛水於鑑，用來照影，也就是古代的鏡子。此處是以夏桀自取滅亡的史實作為殷代的教訓和借鑑。夏后，指夏朝最後一個君王夏桀，是有名的暴君，被商湯攻伐滅亡。

這句詩的意思是：「殷代的借鑑不用太遠，只要看看夏桀的時代。」

《蕩》這首詩，據說是周厲王的時候（前九世紀中葉），朝政大壞，大臣召穆公為諷諫厲王的貪暴無道，假託文王感嘆商紂暴虐，將會像夏桀那樣招致亡國，勸誡商紂要以夏桀為借鑑，實際上是勸說厲王以夏桀、商紂為戒，施行仁政，以免像歷史上的亡國之君那樣自取滅亡。這首詩全篇都是模擬文王的口吻，構思應當說頗為巧妙，但即使身為朝廷重臣的召穆公也只能以這樣曲折的方式來勸諫厲王，可見厲王的暴政有多麼嚴酷。而且，周厲王並沒有絲毫改變他的殘暴，最終導致平民的暴動，周朝幾百年的統治也從此開始沒落，周厲王成為繼夏桀、商紂之後又一個歷史上有名的暴君，召穆公的一片苦心算是白費了。不過，召穆公的這首詩流傳了下來，尤其結尾的這句警策的話廣為傳誦。「殷鑑」成為一個常用詞，專指可資借鑑的前人失敗的教訓。

【故事】

紂王是商朝第三十一個，也是最後一個帝王，是帝乙的兒子，史家也稱他為帝辛。紂王天資很聰明，反應靈敏，口才也好，大臣們向他勸諫，他總能找到藉口反駁。但是這種小聰明並沒用到治理國家這種正經事上，而是為自己的過錯進行狡辯，要不然就是說大話，向別人誇口自己能耐無比，天底下就他一個人無所不能，誰都不如他。紂王很有勇力，據說能跟猛獸進行搏鬥，但是這樣大的力氣也沒用在正道上，專門用來荒淫享樂，到處遊玩，對犯顏

直諫的大臣施行暴力。

紂王是個荒淫透頂的昏君。商朝建立有好幾百年歷史，疆域遼闊，社會也比較繁榮，但紂王還嫌不足。他把都城（商王室屬地）從殷向南擴大到朝歌（今河南淇縣），向北擴大到邯鄲、沙丘（今河北平鄉東北），在這樣廣大的區域內大興土木，建造離宮別苑。其中最有名的是位於沙丘的苑台，他讓人著力搜集珍奇的鳥獸，養在沙丘苑台，供他玩賞。這種事情很是勞民傷財，但是紂王只知自己享樂，不恤民情，加重稅收和徭役，搞得民怨沸騰。

這位君王不僅好酒貪杯，而且沉溺於女色。他特別寵愛的妃子叫蘇妲己，凡是她的要求紂王無所不從。為了討好妲己，他找來一名叫師涓的樂師，編了北里舞和靡靡之音，這都是難以入耳目的淫蕩的舞蹈和音樂，一點也不符合帝王的威儀。沙丘苑台是紂王的淫樂窩，他整天與寵愛的妃子在裡面遊玩，日夜飲酒作樂，不理朝政，連國家重要的祭祀慶典都很懈怠，成天變著花樣玩樂。他在沙丘建造大池子，裡面盛滿美酒，把肉掛起來，像樹林一樣排列，稱為「酒池肉林」。最不像話的是，他還讓男男女女赤裸著身子在裡面追逐嬉戲，以此取樂。

老百姓怨聲載道，諸侯也開始背叛他。對於這種情況，紂王不知悔改，收斂一下自己荒淫的行徑，反而用殘暴的刑罰來恫嚇民眾。他發明一種炮烙的酷刑，把一根銅柱子架在火堆上燒熱，讓犯人在上面爬行，犯人往往受不了柱子的高溫就掉進火堆裡活活燒死。對敢於直

諫的大臣，紂王也用慘無人道的方式處罰他們。

他任命姬昌（即周文王）、九侯、鄂侯為三公。九侯有一位賢慧美麗的女兒，他把她獻給紂王做妃子，以便規勸紂王。新妃子討厭淫樂，經常勸諫，使紂王大為惱怒，竟然將她殺死，還把九侯剁成肉醬。鄂侯與他爭論是非曲直，把紂王辯駁得無話可說，結果被紂王殺害曬成肉乾。姬昌聽說紂王的暴行，嘆息了一聲，也招致了災禍，被紂王囚禁在羑里（在今河南湯陰），他的臣下用獻財寶和美女的方式才把他贖了出來。

微子啟是紂王同父異母的哥哥，他屢次勸諫紂王，紂王就是不聽。他看到九侯、鄂侯的下場，就跟太師、少師商量著離開紂王。紂王的叔父比干不同意他們的做法，他說：「作為臣子，應該不顧性命地去據理力爭。」於是，他又去力諫，紂王大怒，對比干說：「聽說聖人的心有七個孔，我倒要看看你是不是聖人！」當即下令把比干的心給挖出來。

紂王的弟弟箕子知道這事嚇壞了，擔心有一天自己性命也保不住，於是就假裝發了瘋，結果被紂王關了起來。商朝的太師、少師看到這樣的情況，拿著祭祀用的樂器逃到了周王那裡去了。

紂王身邊忠誠的人都逃走了，剩下的全是些奸佞小人。費仲是個善於阿諛奉承而又貪財好利之人，紂王卻對他大加信任，委以重任。有個叫惡來的，特別喜歡挑撥離間，也受到重用。紂王還有個親信叫崇侯虎，嫉賢妒能，經常進獻讒言，陷害忠良。

紂王對內親小人，遠賢臣，使得政治混亂，對外則窮兵黷武。他對東方夷族發動了大規模的戰爭，掠奪奴隸和財物供其揮霍。頻繁的戰爭加重了民眾的負擔，老百姓開始背叛他。周文王放回到周族後，就開始著手滅商的準備。周人向東擴張，先滅掉商的屬國黎，試探紂王的反應。大臣祖伊向紂王報告這件事，誰知紂王一點也不在意，卻說：「怕什麼，反正天命歸我！」祖伊氣得連聲嘆息：「真是不可救藥，真是不可救藥啊！」

周文王死後，他的兒子武王姬發繼承遺志，大舉伐紂，已經離心的諸侯紛紛響應。周武王十二年甲子日（前一〇二七年二月五日），雙方在商朝都城郊外的牧野進行決戰。結果紂王的軍隊紛紛倒戈，商軍大敗。紂王逃到他聚斂財物的鹿台，穿著他綴滿寶玉的衣服，跳進火堆自焚而死。

商紂王不能借鑑夏桀的教訓，荒淫殘暴，以致自取滅亡，成為後世引以為戒的例子。

靡不有初

【名言】

靡不有初，鮮克有終。

——《雅・大雅・蕩》

【要義】

靡，無、沒有。初，指人生之初的本性。鮮，少。克，能。終，指人至終老尚保持其本性。

這句名言的意思是：「人（主要是指周厲王等貪暴之人）生之初沒有不具備善良本性的，但是很少有到終老尚能保持不變的。」

儘管《蕩》這首詩有明確的批判對象，但是很多句子都具有普遍意義。如所引詩句，與

我們現在所說的「有始無終」意思相近，小則是對一件事情的評說，大則可以是對一個人一生功過的評判。歸根結底，就是要求人們從小培養良好的道德品質，並能在為人處世中保持本色。

【故事】

隋朝大臣楊素（？—六〇六年），字處道，兼通文武，頗有奇略。年少時就有遠大志向，但是性情放蕩不羈，不拘泥於小節，當時很多人都不瞭解他。只有他的叔祖父楊寬對他刮目相看，每每對子孫們說：「處道超群絕倫，不是平庸之輩，你們眾人都趕不上他。」楊素後來與安定人牛弘同懷大志，勤勉好學，研讀書文，孜孜不倦，各種經史典籍都能通曉。而且他還善寫文章，草書、隸書都極為擅長，又很喜歡鑽研占卜之術。可以說，年輕時的楊素知識淵博，才華出眾。又加之他儀表堂堂，人們都把他視為英傑之士。

在北周時，楊素就被委以重任。當時的權臣宇文護用他為中外記室，後轉為禮曹，加大都督之職，楊素也恪於職守，從不怠慢。楊素的父親忠貞守節死於周、齊的戰爭中，但是沒有受到朝廷的誥命諡封，楊素就上書申辯。周武帝不答應，但是楊素還是三番四次地上書，非要把事實申辯清楚。這讓周武帝非常惱火，下令將楊素拖出去斬首。楊素毫不畏懼，朗聲說道：「我侍奉無道的天子，死本來就是不可避免的分內之事。」周武帝聽了他的話，覺得

他是一個勇敢的人，就把他放回，按照他的要求追贈其父楊敷為大將軍，諡號忠壯。

從這件事情之後，周武帝愈發重用楊素，不斷擢升他的官職，拜為車騎大將軍、儀同三司。有一次，周武帝讓楊素寫詔書，他提筆立就，文辭意思都很美。周武帝看後非常高興，褒獎他說：「好好勉勵自己，不必擔心你得不到富貴。」楊素應聲答道：「我只怕富貴來逼迫我，我倒沒有心思去特意追求富貴。」在這個時候，楊素還是一個輕財好義、有膽有識的英傑。但是隨著官職的提高、權力的增大，他在人們心目中的形象發生了變化。

隋文帝代周而興，統一中國，楊素也立下了汗馬功勞，因此文帝對他寵愛有加，過於前朝。不僅他本人被封官加爵，而且連帶著他的兄弟、子姪，雖沒有什麼功勞，也都被封為尚書公卿的顯官。文帝舉行宴射，楊素射箭第一，文帝親手將外國進獻價值不菲的金盤，賞賜給他。

這時候的楊素，位極人臣，富貴無比，歷代以來幾乎沒有比過他的。但是，權位和財富迷惑了他的眼睛，也蒙蔽了他的本性。無心追求富貴的諾言被他拋到腦後，開始變得貪心不足。家中財寶應有盡有，他又營求田產地業，在長安、洛陽兩京按照皇宮的規格營造奢靡華麗的住宅，而且經常修繕，有時候早上建好了，感到不滿意，晚上就拆了重建。宅子裡的僕人，有好幾千人之多。這些僕人中，很多原本是江南地區的文人士子，楊素平定江南叛亂的時候趁機把他們擄來，變成沒有自由的家奴，只為他一個人服務。他還在全國搜求美女，在他居住的園子裡，身著華麗服飾的歌伎多達上千人。在全國各大城市交會的要道上，他都設有屬於自己名下的旅店、商棧，欺行霸市。他的田莊，散佈各地，無法勝數。

在政治上，他再也不是那種堅持正義、不畏強權的人了，為了保住自己的富貴，他變成一個陰險狡詐、忘恩負義之徒。隋文帝待他如此優厚，但他卻為了討好太子楊廣，與之勾結，將文帝謀殺，把楊廣推上皇位。

楊素的惡行最終得到了惡果。新即位的皇帝心胸狹窄，對楊素家族的權勢非常嫉恨，最後逼得楊素之子楊玄感起兵造反，失敗之後宗族全被殺光。這時楊素已經死了，但是仍然沒有逃過剖棺鞭屍的羞辱。

白圭之玷

【名言】

白圭之玷，尚可磨也；斯言之玷，不可為也。

——《雅．大雅．抑》

【要義】

玷（音ㄉㄧㄢˋ），玉上的小斑點。

這句詩的意思是：「白玉上的小斑點，還可以磨去；言語上的過失，卻無法彌補。」

《抑》這首詩，據說是衛武公目擊時弊，諷刺周王朝內部腐朽統治的作品。所引之句，主要是針對身為臣子而不能以匡扶國家、救助黎民為務，卻以巧言惑亂君主的人。作者以白圭有玷尚可磨、人言有失不可補作比喻，向他們發出警告。古人以「立德」、「立功」、「立

言」為「三不朽」，言語作為人類的交際工具，對社會人生的影響是非常巨大的。尤其是位居高位者的言語，聽者眾多，甚至會影響整個社會的風氣。這種影響可以是正面的，也可以是負面的，所以這些說話者更要慎重看待自己的言語。

【故事】

西晉初年，社會上的「清談」之風愈加盛行。宣導「清談」的士人，大都喜歡談論幽深偏僻的玄理，雖然於哲學上有所發揮，但對於社會實際卻脫離得很遠。這當中始作俑者就是王衍。

王衍（二五六—三一一年），字夷甫，少年時以風姿秀美、言辭爽利受時人的讚賞。他童年的時候有一次去見山濤，山濤讚嘆了很久。王衍離開後，山濤目送他說：「什麼樣的人能生出這樣的兒子！但禍害天下的，未必不是此人。」

王衍十四歲時，住在京城，替父親向大將軍羊祜稟報公事。羊祜當時德高望重，而王衍還是個小孩子，但他陳述事情，不僅言語清楚流利，而且舉止端莊，沒有一點低眉順眼的姿態。大家都覺得他不同凡響。後來晉武帝聽到他的名聲，問王戎：「王夷甫在當世誰能和他相比？」

王戎說：「當今無人可和他相比，除非從古人中去找。」就這樣，王衍雖然小小年紀，

但是名聲已經天下皆知了。

當時何晏、王弼等人取源於《老子》、《莊子》，宣導「無為」的理論，王衍很推崇。他成天只是手持玉柄的拂塵，解析玄理，對於自己覺得不通的地方就擅自按照自己的見解加以改易，當時人稱之為「信口雌黃」。由於王衍的名氣舉世皆知，朝野上下都爭相仿效，蔚然成風。於是，矜高自炫、浮誇不實的風氣就形成了。

王衍很清高，對於俗世的東西根本不看在眼裡，他口中從不說「錢」字。有一次他的妻子想試試他，就叫婢女用錢把睡床圍繞一圈，使他不能行走。王衍清晨起床，看見地上的錢，就召喚婢女說：「拿掉這障礙物。」

由於他的名氣大，當權者都很重視他，因而年紀不大就被封為高官。成都王司馬穎擅權的時候，拜他為尚書令、司空、司徒。但實際上他並沒有真才實學，僅僅靠清談成名，對於管理政務、行軍打仗實際上是個外行。而且，他雖然位佔宰輔，卻不以國事為念，只想如何保全家族的利益。他利用手中職權讓弟弟王澄為荊州刺史，讓堂弟王敦為青州刺史；甚至對王澄、王敦說：「荊州有長江、漢水作屏障，青州背靠大海，你兩人在外，而我留在朝廷，就足以成為三窟了。」當時正直的人士看到他的這種做法，都很鄙夷。

後來，大將軍司馬越死了，大家推舉他接替司馬越的職位，領軍打仗。當時寇盜蜂起，王衍害怕得不得了，所以一再推辭說：「我從小就沒有做官的興趣，隨波逐流，直到如今。

現在的局勢，哪能讓我這種無才能的人來統率？」結果軍中無帥，很快被起兵叛亂的石勒打敗，王衍也被俘虜了。

石勒也聽說過王衍的名聲，特地邀請他相見，並稱他為「王公」。開始談到晉朝敗亡的原因時，王衍一再推脫說謀劃部署不是自己的意見。石勒還挺高興，和他談了很久。後來王衍又申述說自己不大管事，只求保全自身，接著還慫恿石勒當皇帝。石勒非常生氣，說：「先生名滿天下，身居重位，年輕時就做官，直到白頭，怎麼可以說不管事呢！敗壞天下的正是你。」就讓左右把王衍扶出去。石勒對同夥孔萇說：「我走遍天下，從沒有遇見這種人，還有必要留著他嗎？」

孔萇說：「他是晉朝的三公之一，一定不會為我們盡力，殺了他有什麼可惜的！」

石勒說：「但還是不要鋒刃加身為好。」就讓人夜間推倒牆壁壓死了王衍。

王衍臨死前，回顧家人說：「唉！我輩雖不如古人，但從前要是不崇尚浮誇玄虛，努力去治理國家，還不至於落到今天這地步。」

這是歷史上有名的「空談誤國」的例子，至今足以讓人警醒。

投我以桃

【名言】

投我以桃，報之以李。

——《雅・大雅・抑》

【要義】

這句名言已經成為現今人們的常用語，或者簡化成「投桃報李」。從字面意義上來講，是說「別人將桃子投給我，我就用李子回敬他」，用來比喻以德報德的行為。

在人類社會生活中，每個人都不可避免地要與別人打交道。在這種交往行為中，是要遵守一定原則的，相互幫助，以德報德，是保持一個良好的社會交際環境的必要條件。從歷史上看，以德報德也是中華文化所特別注重的個人修養的一部分，形成了源遠流長的傳統。

【故事】

明清之際的著名學者查繼佐（一六〇一——一六七六年），浙江海寧人，號伊璜，世稱東山先生，著有長達一百零二卷的《罪唯錄》等明史著作。他與吳六奇（？—一六六五年）的交往，歷來為人所稱道。

崇禎年間的一個雪天，查繼佐酒後在門外賞雪，發現一個年輕的乞丐在廊下避雪。查繼佐見此人相貌不俗，便邀他至屋內同飲。誰知道這個乞丐酒量特別大，連飲三十大碗面不改色，而查繼佐早已經不勝酒力，醉臥不醒。乞丐見狀，很有禮貌地退出門外，當晚就在門廊下待了一宿。第二天清早查繼佐醒來，回想起昨天的事情，出門去看那個乞丐，依然站在寒風刺骨的雪中。查繼佐連忙叫家人取出自己的棉袍，送給他。乞丐穿上棉袍，也不道謝，揚長而去。

第二年春天，查繼佐遊杭州，寄宿在長明寺。在杭州放鶴亭畔，又遇到這位行為奇特的乞丐，就與他交談起來。當問到他是否讀過書時，乞丐回答說：「不是因為讀書識字，何至於淪落成乞丐！」查繼佐暗暗稱奇，覺得此人必有來歷，就邀他到寺裡，梳洗之後，又給他換了一身新衣。乞丐向查繼佐道出了他的身世。原來他名叫吳六奇，廣東豐順人，出身官宦人家。由於父兄早亡，無人管教，加之性喜遊樂，致使家產蕩盡，流落江湖。因為疏財仗

義，有勇力，人稱「鐵丐」。查繼佐稱讚吳六奇為海內奇傑，傾心結交，特意讓僧人買了一擔「梨花酒」，與吳六奇朝夕痛飲，盤桓月餘，厚贈銀兩，送吳六奇還鄉。

彈指一揮間，二十年過去了。這期間清軍入關，迅速消滅了明朝的殘餘勢力，完成了改朝換代的變革，查繼佐也成為明朝的遺民。一天，他正在家閒坐，突然有一名廣東武官求見。待來人呈上書函後，查繼佐才知道這是吳六奇派遣來的使者。原來吳六奇回廣東後，當了驛卒，後來參加清平南王尚可喜的部隊，屢立戰功，順治十一年（一六五四年）被擢升為左都督，後又加封太子太保，職位顯赫。吳六奇沒有忘記二十年前查繼佐的知遇之恩，以他為知己，特地派遣使者送來白銀三千兩，並邀請他到廣東相見。查繼佐隨來使登程後，剛過梅嶺，吳六奇已派遣其子恭候道旁，舟抵惠州，吳六奇親自出城二十里相迎，儀仗威嚴，如同歡迎一位侯王。

到了府堂，他扶查繼佐上座，叩謝當年贈袍、贈金之恩。至晚，大擺宴席，飲酒奏樂，直到第二天早晨才罷。查繼佐在吳六奇府中整整待了一年。此間吳六奇儘管軍務繁忙，但仍百般照料查繼佐，時有饋贈。臨別之時，吳六奇又取出三千兩白銀相贈。

康熙二年（一六六三年），發生清初以來最大一次文字獄——莊氏明史案，查繼佐也被捲入其中，多虧吳六奇全力營救才得以倖免。

原來湖州富翁莊廷鑨，以千金購得故明相國吳興人朱國楨著明史未刊部分《列朝諸臣傳》

稿本，改成自己的名字出版。成書過程中，他邀請了當時的名士參加修訂。為了提高書的身價，他將這些名士的名字列在書前，其中查繼佐首當其衝。此書所增補的崇禎朝史事，有不少指斥滿人的話，因此觸怒了清朝的統治者。莊廷鑨被戮屍，其弟莊廷鉞被斬首。此案株連極廣，被殺者七十餘人，遣戍者一百餘人。查繼佐被捕之後，家人飛馬往廣東給吳六奇報信。吳六奇立即寫了奏摺，派人乘快馬馳送京師，請求赦免查繼佐之罪。同時致書相好的同僚，予以關照。

在吳六奇的努力下，案情終於得以轉圜。據說在三司會審的時候，受到吳六奇關照的書記官走下階來，故意問查繼佐：「伊璜先生，您的瘧疾很嚴重嗎？」查繼佐一時不知其用意，含糊答應。那人又說：「此案口供已寫明『不知情』，請您務必記住！」於是，查繼佐坐了兩百天監牢後，以「不知情」而獲釋。由於他身染「重病」，在審訊和坐監的時候，沒有受過刑，毫髮無損地回到家中。

查繼佐與吳六奇的這段交往，一直被人們所稱道：一方面，查繼佐不以成見待人，對一個乞丐也能誠心接納，熱心扶助；另一方面，吳六奇不忘舊情，知恩報恩，在查繼佐危難之時挺身而出，更顯得難能可貴。他們的人品，是值得人們敬佩的。

聽言則對

【名言】

聽言則對，誦言如醉。

——《雅・大雅・桑柔》

【要義】

聽，聽從、順從。對，對答。誦，諷諫。

這句名言的意思是：「聽到讚譽之詞，就欣然以對；聽到諷諫之言，卻昏然如醉。」

《桑柔》是一首諷刺詩，據說是周厲王的臣子芮伯，看到厲王任用榮夷公等奸佞小人，造成大亂，因而作此詩加以諷喻。詩人透過簡練的語言，將周厲王偏信讒言、不納忠言的昏君形象刻畫得維妙維肖。在社會生活中，人們總是透過別人的評說來認識自身，進而指導自己

的行為。總的來說，人人都樂意得到別人的褒揚，聽到符合自己心意的意見，但是如果碰到那種趨炎附勢、溜鬚拍馬之徒，這種話就難以保證其真實性，聽者失察，就會造成認知上的謬誤，自以為是，難以接受批評諷諫的良言。所以，一個人更應該注意聽取那些雖然逆耳，但卻切中要害、有利於為人處事的「誦言」。古人說「良藥苦口利於病，忠言逆耳利於行」，又說「兼聽則明，偏聽則暗」，都是這個意思。

【故事】

隋朝大臣裴蘊（？—六一八年），原先仕於陳朝，隋高祖楊堅伐陳的時候，他賣主求榮當了內奸，與隋軍裡應外合，致使陳朝很快覆亡。由於這些「功勞」，加之他善於察言觀色，以巧言獲取恩寵，所以官運亨通，在隋朝屢次升遷，隋煬帝的時候當上了御史大夫，參與機密。

裴蘊特別善於體察皇上的意圖，他掌管刑罰，隋煬帝如果對某人不滿，他就尋找機會構陷此人；反之，某人犯罪，皇上有袒護的意思，他就故意大罪化小，減輕此人的罪名。楊玄感反叛朝廷被鎮壓，隋煬帝命裴蘊處置叛黨，對裴蘊說：「楊玄感反叛，跟隨呼應的有十萬人，可見天下人不要太多，多了就容易聚黨叛亂，不把楊玄感的亂黨誅殺，就不能警告天下人。」裴蘊就按照隋煬帝的意圖，對叛黨嚴加懲處，很殘忍地誅殺了幾萬人，還把楊玄感的

家人沒籍為奴。煬帝很高興，誇他辦得好，賞賜他奴僕婢妾十五人。

當時任司隸大夫的薛道衡為人正直，很有才名，曾經跟隨高祖皇帝打天下，功績卓著，因為發了句牢騷而引起煬帝不滿，被問罪。薛道衡自以為不是什麼大罪，所以就催促有關衙司早早判決，認為煬帝肯定會顧念以往的功績而赦免他。裴蘊知道皇帝早就厭惡他，於是就上奏說：「薛道衡自負其才，憑恃舊恩，從不把皇上放在眼裡。看到皇上詔書下來，就私下議論非難，而且四處宣揚，製造禍端。表面上看他的罪名是隱瞞，但要從根柢上追究，是有叛逆之心，所以一定要嚴厲處理。」

隋煬帝聽了這話，正合本意，點頭稱是，還說：「確實如此。我年紀小的時候跟他一起行軍打仗，他就輕視我年輕幼稚，與別人專權，當時就有欺罔之罪。等我坐上皇位，他心裡常感不安，擔心我要懲處他。幸虧天下太平安寧，他才沒有機會謀反。你說到他的叛逆之罪，真是看清了他的本心。」於是就以叛逆的重罪把薛道衡給殺了，把他的妻子兒女流放到且末（今新疆且末）。朝野上下

都覺得他死得冤枉。

煬帝想征伐遼東高麗，向大臣蘇威問計。蘇威也是位忠良的大臣，知道當前各地造反叛亂的人很多，國內形勢嚴峻，不希望煬帝再窮兵黷武，增加危機。於是就藉這個機會委婉地向隋煬帝說：「攻伐高麗根本不用皇上動用一兵一卒，只要將全國的農民叛軍全部赦免招安，就可以得到幾十萬大軍。讓他們一路從遼西進軍，一路從水路進軍，進攻高麗。這些人肯定很高興朝廷赦免他們的罪行，都會爭著為國立功，一年之間就能把高麗消滅了。」

煬帝聽了不高興，說：「我自己親率大軍還不能制服高麗，那些烏合之眾有什麼用！」蘇威出來後，裴蘊上奏說：「蘇威很不老實，天下哪有那麼多叛軍！」煬帝頓時醒悟，非常生氣地說：「這個老賊真狡猾，拿叛軍來威脅我。我真想拿鞭子抽他嘴巴，但又於心不忍，真嚥不下這口氣！」裴蘊明白了煬帝的心意，就派別人藉故彈劾蘇威，隋煬帝叫裴蘊給他定罪，結果又被定為死罪。不過這次煬帝有些不忍心，才從輕處罰，把蘇威祖孫三代一齊削職為民。裴蘊後來被叛軍所殺，也算是報應吧。而偏聽偏信的隋煬帝楊廣，也愈發驕橫，終於連同自己的皇位覆滅在農民起義軍的手中。

柔亦不茹

【名言】

柔亦不茹，剛亦不吐。不侮矜寡，不畏強禦。

——《雅・大雅・烝民》

【要義】

「茹」是「納」的意思，跟「吐」意義相對，詩句中作了引申，分別引申為「欺侮」和「畏避」的意思。矜（音ㄍㄨㄢ），通「鰥」，指無妻的人。寡，指無夫的人。矜、寡都是弱者。強禦，強梁，指恃強為惡的人。這句名言表達了不欺弱怕強的意思。

《烝民》這首詩，據說是周宣王委派樊侯仲山甫到齊地築城，尹吉甫前往送行，寫下這首詩贈別。詩中主要是讚頌仲山甫的德行，所引名句就是用來形容他能夠做到不欺弱怕強的品

質。在對這一美德的褒揚上，古今並無二致；但是真能堅持這種原則，不恃強凌弱，尤其是在強梁面前仍然能夠保持自己的操守，甚至為此獻出生命，這樣的人，在每個時代都是不多見的。

【故事】

明代初年的名臣方孝孺（一三五七—一四〇二年），字希直，一字希古，出生於浙江寧海一個世代業儒的家庭，其曾祖、祖父、父親都是當地的名儒。方孝孺從小聰敏過人。七歲入學，受業於父親方克勤，飽讀儒家經典。十餘歲時，好學成癖，足不出戶，讀書時常常忘掉了周圍的一切，室外的鐘鼓、風雨之聲，他充耳不聞。人們把他與好學不倦的韓愈相比，稱他為「小韓子」。

明洪武九年（一三七六年），二十歲的方孝孺負笈遠遊，來到京城南京，求學於宋濂。宋濂是浙東大儒，又是明朝開國文臣之一，於學問無所不通，以道義文章聞名海內，為士大夫所敬仰，慕名從學者絡繹不絕。方孝孺以其博學多才，很快受到宋濂的垂青，宋濂稱讚他說：「這個學生是真是可教之材，有他來跟我學習，我感到前途有希望了！」在宋濂的指導下，方孝孺的學問日益精進。他的才華也受到明太祖朱元璋的賞識，但是覺得他還年輕，並沒有起用他為官。

方孝孺返回家鄉後，隱居田園，閉門著述，闡發自己的思想。在他看來，儒家思想的出發點首先是要「修身」，就是要透過讀書學習通達做人的道理，只有這樣才能去談治理國家。而治理國家，首要的是施行仁政，關心民眾。他雖然待在家中，但是從遊學的經歷中瞭解了很多國家政治中的弊病，因此他的這些觀點具有很強的現實針對性。他把「修身」作為重點來講，就是因為當時社會風氣很壞，人與人之間諂諛以相容，詭詐以相愚，缺乏良好的道德風尚。而明太祖施行苛政，刑罰嚴酷，造成了嚴重的社會問題。他的父親方克勤擔任濟寧知府，政績卓著，卻死於冤案。他的老師宋濂，是開國功勳，當世大儒，卻被太祖所嫉，被全家充軍，死於非命。更為嚴重的是，百姓不堪苛政，時常發生變亂，危及國家的安定。而這一切不幸的發生，完全是由於當政者治國策略的錯誤。方孝孺長期生活於社會底層，耳聞目睹老百姓的悲慘狀況，並在文章當中表達了對他們的深切同情。他寫過一篇寓言《蚊對》，把恃強凌弱的官吏比作吸取人血的蚊子，對他們的行徑作了猛烈的鞭撻。他甚至對高高在上的君主也加以批判，認為君主的職責在於使人民的生活安定，得其所養，不是為自己求富貴，而當時的君主已經忘記了自己的責任！

由於政見相左，終太祖一朝，方孝孺都沒有受到重用。直到太祖病逝，建文帝即位，才開始起用他。建文帝天性仁厚，親賢好學，減輕刑罰，受到百姓的稱頌。建文帝早就瞭解方孝孺身負匡世之才，登位伊始，就派特使將他召還京師，先任翰林博士，旋升侍講學士，預

經筵，備顧問，日侍左右，甚為倚重。方孝孺與建文帝十分投契，他的政治主張終於可以得到實施。君臣共同制定了很多政策，興利除弊，施行仁政，改革了太祖朝的苛政。

然而風雲突變，就在方孝孺的政治改革逐步取得成效的時候，擁有重兵的燕王朱棣覬覦帝位，起兵造反。方孝孺一直為平叛出謀劃策，但是由於朝廷出了內奸，燕王軍隊攻入京師。皇宮起火，建文帝被燒死，帝位被燕王篡奪，方孝孺也被逮下獄。

朱棣深知自己的篡逆行為難以服人，希望方孝孺能夠跟自己合作，為他登基起草詔書，利用方孝孺的聲望騙取天下人心。但是他屢次相召，均遭到方孝孺的嚴詞拒絕。一天，朱棣又派廖鏞、廖銘往召。廖氏兄弟是方孝孺的學生，但是他們剛剛表明來意，方孝孺就大怒，說道：「你們跟我讀書已有幾年，居然還不知道是非！」廖氏兄弟羞慚而退。朱棣無奈，派人把他強行拖來。方孝孺身著喪服，悲慟之聲響徹整個大殿。朱棣從御座上走下來，婉言對他說：「先生不要悲傷，我只是想取法周公輔佐成王而已。」方孝孺質問道：「成王在哪裡？」朱棣答道：「他已經自焚而死了。」方孝孺厲聲問道：「那為什麼不立成王之子為皇帝呢？」朱棣說：「國家需要年長的君主。」方孝孺再問道：「那為什麼不立成王的兄弟呢？」在方孝孺的逼問下，朱棣無言可對，只得支吾道：「這是我的家事。」接著叫人取來紙筆，說：「通告天下的詔書，非要先生起草不可。」方孝孺憤怒地把筆甩掉，邊哭邊罵道：「死就死了，詔書絕不會寫！」朱棣也被逼急了，威脅說：「你就不怕誅九族嗎？」方

孝孺面無懼色道：「就算誅十族，又能把我怎麼樣！」朱棣還是逼他草詔，方孝孺取筆大書「燕賊篡位」四字。朱棣大怒，命人將他拖回監獄。

為了迫使方孝孺屈從，朱棣將其親屬全部抓來，如果方孝孺還不投降，就將他們當場殺戮。威逼之際，方孝孺仍是罵聲不絕。朱棣命武士用刀抉其吻、剔其舌。頓時鮮血如注。方孝孺仍含血噴朱棣。朱棣怒不可遏，下令將其磔殺。方孝孺從容走向刑場，並作《絕命詞》一首：「天降亂離兮，孰知其由？奸臣得計兮，謀國用猶。忠臣報國兮，血淚交流。以此殉君兮，抑又何求！嗚呼哀哉兮，庶不我尤！」

在強梁面前，方孝孺毫不畏懼，並以自己的生命捍衛了道義原則。

既明且哲

【名言】

既明且哲，以保其身。

——《雅・大雅・烝民》

【要義】

明哲，猶如「明智」的意思。保身，順應事理而保全自身。

這句詩是現今人們常用的成語「明哲保身」的出處。不過在《詩經》這一篇當中，是作為褒義的，讚頌仲山甫的品德智慧足以使他立身無虞；經過輾轉演化，到如今人們常用「明哲保身」形容那些遇事只知顧全己身、自私自利的人。

【故事】

馮道（八八二－九五四年）是中國五代史上一位很特別的人物。他從後唐明宗時任宰相，歷仕後唐、後晉、契丹、後漢、後周，凡五朝、八姓、十一帝，共二十多年。史書上說他「累朝不離將相、三公、三師之位」，「君則興亡接踵，道則富貴自如」。馮道因此自稱長樂老，是歷史上有名的官場不倒翁。

馮道出身於農家，祖上沒有做官的，他自己也沒有特別的才華，只是由於偶然的機會當了晉王府的掌書記，主要處理一些往來公文的事務。當時的晉王李存勖是個武夫，對於舞文弄墨的事情一竅不通，所以這類筆墨往來的事情全都委託給這位書記官。也許由於出身貧寒，馮道還是頗有吃苦耐勞精神的，跟隨李存勖（勖音序）行軍打仗，日子過得很艱苦，卻處之泰然，還經常接濟他人，因此在軍中逐漸獲得了好名聲。李存勖滅了後梁，自立為皇帝，即後唐莊宗，但他只重視武功，對於馮道並不看重。不過很快莊宗就死了，明宗李嗣源繼立，這位年過六十的新皇帝發覺身邊缺少一名能讀通奏章的文士，他突然想起了馮道，覺得他「博學多才」，名聲又好，所以一下子就把他提升到「端明殿學士」（宰相之位）的重要位置上，從此馮道開始了他太平宰相的生涯。

明宗當了八年皇帝，對馮道一直器重有加。而在這一段時期裡，馮道儘管沒有什麼大的

作為，但還是做了一些好事，比如勸說明宗關心百姓，選拔出身貧寒的才智之士，還主持過一次大規模的雕版印刷儒家經典的工程，在印刷史和文化史上是件很有影響的事情。不過他的才學平平，並不受同僚們的擁戴。有一天下朝，有個叫任贊的工部侍郎走在馮道身後，對身旁的人說：「宰相要是走得快了，一定會從腰中掉下一本《兔園策》來！」聽到的人都忍俊不禁。原來《兔園策》是當時一本很粗淺的識字書，任贊以此來諷刺馮道的平庸。

如果說馮道在明宗時期還算有所建樹的話，那麼等到明宗一死，他就徹底成為一個只顧保全自己的相位、不論大義的丑角了。明宗的兒子李從厚剛剛即位四個月，明宗的一個義子李從珂就發動兵變，企圖奪取帝位。李從厚聽說兵變，馬上跑到明宗女婿石敬瑭的軍營中躲起來。第二天早朝，馮道等大臣才發現皇帝不見了，接著得知兵變的消息。這時候曾經備受明宗恩寵的馮道，不是想法子打聽李從厚的下落，反而要去擁立李從珂。因為他知道，李從珂手握重兵，勢力龐大，而李從厚不過是個優柔寡斷的小毛頭。所以當大臣們都站出來反對的時候，他卻說：「別管那一套了，還是面對現實吧。」最後還是擁立了李從珂，自己又被任命為司空。

石敬瑭看到木已成舟，而自己的力量又不足以與李從珂抗衡，就交出李從厚來討好李從珂，但還是受到李從珂的猜疑，雙方發生戰爭。石敬瑭勢弱，以割地、稱「兒皇帝」的屈辱條件，向北方少數民族政權契丹汗國借兵，契丹大汗耶律德光應允。於是，石敬瑭打著明宗

的旗號，借助剽悍的契丹兵，攻滅了李從珂，建立了後晉。因為馮道是明宗時的舊臣，所以又被恢復了宰相的職位，並委以重任出使契丹。別人都覺得這是個苦差使，說不定有去無回，所以都躲得遠遠的。而在官場上摸爬滾打這麼多年的馮道卻發現這是進一步鞏固自己相位的好機會，於是主動請纓，面無難色。據史書記載，馮道在契丹被扣留了兩個月，直到耶律德光認為他的確對契丹忠誠，才讓他返回。馮道擔心這是在試探他，三次上表企求留下，都不被同意。然後又逗留一個月，這才啟程，在路上又走走停停，兩個月才出境，這都是為了做樣子，表示對契丹主子的忠心。馮道的這次冒險，果然在後晉獲得巨大的利益，石敬瑭不僅對他更加器重，而且還封他為「魯國公」。

接下來，契丹與後晉之間產生摩擦，耶律德光率大軍三十萬，一舉攻滅後晉。耶律德光見到馮道，問：「你這個老頭是怎樣一個人？」

馮道答：「是個無德無才又癡又呆的傻老頭兒。」如此自卑自賤，引得耶律德光哈哈大笑，然後又問他：「天下百姓這樣苦，如何能救得？」馮道馬上回答道：「就是如來佛出世也救不了，只有陛下您才能救得！」這個馬屁讓耶律德光更加開心，以至於有人密告馮道曾經參與反契丹活動的時候，耶律德光反而說：「這個老頭我瞭解，不是愛多事的人，不要亂說。」

契丹兵因為中原漢族人民的反抗，不得不撤兵。石敬瑭的大將劉知遠趁機奪取帝位，建立後漢。為了籠絡後晉的朝臣，立即封馮道為太師。四年之後，劉知遠的大將郭威又代後漢建立了後周，又拜馮道為太師中書令。馮道還為新主子騙取劉知遠的養子劉贇（贇音ㄩㄣ）來降，劉贇輕信馮道，結果在毫無防備的情況下被郭威派人抓住。劉贇恨恨地對馮道說：「我本以為您是三十年的舊朝宰相，所以沒有懷疑，才敢跟你來，沒想到卻被你出賣了。」馮道為了保住自己的地位，這一次不惜賣主求榮了。後周顯德元年（九五四年），馮道以七十三歲高齡在富貴鄉中去世。

馮道生前曾經寫了一篇自傳，題目叫《長樂老自敘》，在其中一一列舉了自己在歷朝歷代，包括契丹佔領汴京時的各種官職封號，不厭其詳，引以為榮。後來歐陽修在所撰《新五代史》中，譏諷他「喪君亡國亦未嘗以屑意」，甚至斥為「可謂無廉恥者矣」。

哲夫成城

【名言】

哲夫成城，哲婦傾城。

——《雅．大雅．瞻卬》

【要義】

哲，知，同「智」。夫，男子。婦，女子。成，立、建立。傾，覆、覆滅。城，指國家社稷。

這句名言的意思是：「有智慧的男子能夠建立國家，有智慧的女子可以傾覆國家。」

《瞻卬》也是一首諷刺周幽王寵幸褒姒以致亡國的詩篇。整首詩寫得異常憤慨，很可能是詩人經歷了周幽王的亂政，親身體驗了在荒淫無恥的國君統治下，朝綱敗壞、民不聊生的狀

況，直至眼看異族入侵，攻滅了西周，民眾流離失所的悲慘場景，忍不住將昏君禍國殃民的罪行直接地加以痛斥，對媚惑周幽王的褒姒，更是大加撻伐。後人用「傾國傾城」來形容女子的美貌，出處就在這裡。

【故事】

唐玄宗李隆基（六八五—七六二年），又被稱為唐明皇，是歷史上最富有傳奇色彩的帝王。在前半生，他以自己的英明睿智將一個偉大的帝國推向了極度鼎盛的時代；而後半生，他又因為自己的頹唐墮落而將這個帝國推向黑暗的無底深淵。他一生的這一轉折甚至成為整個華夏民族漫長的封建時代由盛而衰的標誌，而在這短暫的一瞬間，一個美麗的女子因為置身在這樣特殊的時代而被後人所銘記——她就是擁有「傾城」之貌的楊貴妃。

李隆基是唐睿宗李旦的第三個兒子，即位前曾受封為楚王，後又受封為臨淄王。在他年輕的時候，朝廷內部正連續發生政變。先是張柬之等大臣趁武則天年老病重，將她驅逐回後宮，擁戴中宗李顯復位。不久武則天死，政權又回到李姓宗室手中。但是好景不常，由於李顯的懦弱無能，用心險惡的韋皇后大權獨攬，貶斥有功的大臣，培植黨羽，準備步武則天的後塵奪取政權。在這樣動盪的政治環境中，素有遠大政治抱負的李隆基開始集結一批忠於宗室的大臣，籌畫對付韋氏的策略。唐中宗景龍四年（七〇九年），韋皇后毒死中宗，臨朝稱

制，在此危急時刻，李隆基當機立斷，聯合姑母太平公主發動政變，誅殺韋氏，擁立父親睿宗李旦即位。在這一過程中，年輕的李隆基初次顯示出他的果敢和能力。

政變之初，有人曾對他說：「是不是先稟告大王（指睿宗）知道。」他斷然否決，說：「事情危急，成功了是國家社稷有福，不成功就當我死於忠孝，怎麼能讓大王擔風險！如果稟告大王同意了，就等於他參與這場危險的事情；如果他不同意，我們籌畫好的計畫豈不是落空了！」事成之後，李隆基向父親請罪，睿宗趕緊上前扶起他，流著淚說：「國家的大禍因為你才得到化解啊！」並立他為皇太子。

三年之後（七一二年），睿宗禪位給李隆基，次年改年號為「開元」。開元年間（七一三—七四一年），是李隆基充分發揮他的政治才幹，使得唐朝在政治、經濟、文化各方面達到鼎盛的時代。李隆基即位之初，平息了太平公主的叛亂活動，貶斥了朝中的傾險之士，又任命有作為的姚崇、宋璟、張九齡為宰相，整頓武則天當權以來的弊政。多次淘汰冗官，停廢閒散官署十餘所，精選官吏，於是吏治得以澄清。在經濟方面提倡節儉，勵精圖治，很快出現了倉廩豐實和海內晏然的全盛局面，史家稱這一時期為「開元盛世」。

但是，想不到這樣一位英明睿智的帝王，在他的統治後期卻急轉直下。開元二十四年（七三六年），玄宗寵愛的一名妃子死了，心情很鬱悶。這時候身旁的人向他推薦楊玉環，極口稱嘆其姿容的美麗。當楊玉環出現在他面前時，玄宗驚為天人，原來天下還有這樣美麗

的女子！隨即就封她為女官，號「太真」，留在了宮中，後來又被封為貴妃。這件事情有些荒唐，楊玉環原本是玄宗的兒子壽王的妃子，結果卻被做父親的搶了來，這種不合禮法的事，似乎正昭示著這位帝王從英明睿智的頂峰開始向著荒淫昏聵的深淵滑落。

據歷史記載，楊貴妃善於歌舞，通曉音樂，而且非常聰明，很會承迎皇帝的心意，所以備受玄宗的寵愛，在宮中的待遇跟皇后一樣，真可謂三千寵愛集於一身。有一天，楊貴妃因事回其堂兄楊銛（銛音ㄒㄧㄢ）家，玄宗到了中午一點飯也不吃，情緒惡劣，動不動就鞭打左右侍者。大宦官高力士為了試探他的心意，就故意說要送一百多車宮內的供奉之物到貴妃的堂兄家，沒想到玄宗立即讓他將御膳分一半賜給貴妃，於是高力士就明白皇上的想法，當晚即請求召回貴妃。貴妃一入宮，玄宗喜上眉梢，煩悶的心情一掃而空。

從此以後，玄宗對朝政一點興趣也沒有了，一腔心思全放在楊貴妃的身上，只要是貴妃的願望他都設法滿足。宮裡宮外直接為貴妃負責衣物和打製玉器飾物的工匠有一千多人，他們隨時應付貴妃的需要，奇服珍玩，變化多端，讓人眼花撩亂。貴妃喜歡吃荔枝，而且一定要吃新鮮的，玄宗便派人騎馬傳送，從嶺南到京師，幾日內飛馳數千里，可以保持新鮮的味道。百姓看到快馬加鞭，還以為是什麼緊急的國事，誰能料到騎手的背囊中卻是一枝鮮荔枝呢？晚唐詩人杜牧有詩曰：「一騎紅塵妃子笑，無人知是荔枝來。」

玄宗愛屋及烏，將楊貴妃的姐姐、兄弟都加以封賞。尤其是貴妃之兄楊國忠，本來是個

不學無術之人，卻由於貴妃受寵一躍當上宰相。國家大權落在這樣的小人手中，情形可想而知。楊氏家族橫行霸道，排擠忠良，只知道聚斂財富，對於國家大計絲毫也不放在心上。以至於京師與中原武備空虛，地方割據勢力開始壯大。

天寶十四年（七五五年）十一月，邊將安祿山在范陽（今北京）造反，史稱「安史之亂」。叛軍勢如破竹，次年六月攻入關中，玄宗被迫西逃。到了馬嵬（嵬音ㄨㄟˊ）坡（今陝西興平西），兵士開始騷動，為了穩定軍心，大將陳玄禮等殺了楊國忠，但是兵士仍不滿意。玄宗派高力士詢問原因，回答說：「禍根還在！」玄宗不得已，與楊貴妃訣別，讓人將她縊死在路邊祠堂，用紫色褥子裹屍，埋於路旁。楊貴妃死的時候，年僅三十八歲。

「安史之亂」前後八年，叛軍兩度攻陷長安，中原地區滿目瘡痍，唐王朝從此一蹶不振。玄宗與楊貴妃的故事被後世的人們反覆評說，史學家將它當作歷史興亡的明鑑，文學家將它改編成動人的愛情悲劇，千古流傳。

日就月將

【名言】

日就月將，學有緝熙於光明。

——《頌．周頌．敬之》

【要義】

就，同「久」，長久。將，長，也是長久的意思。緝熙，積漸廣大，也就是奮發前進之義。

這句名言的意思是：「日久月長，奮發努力，以達於光明的境界。」

《敬之》是周成王自我規誡之詞。成王是周武王的兒子，年少時就繼承王位，但是在周公等賢臣的輔佐下，周朝的江山愈來愈穩固。從這首詩中可以看出，成王還是很謙虛的，知道

自己年輕，需要努力學習，累積治國安邦的經驗和學問。人的才能學問不是生來就有的，要靠後天不懈的努力才能獲得。只有日積月累，才能由量變向質變飛躍，達到「光明」的境界，使人從懵懂無知變得聰明智慧。「日就月將」後來成為廣為人知的成語，典出於此，含義不變，形容堅持不懈，積少成多。

【故事】

明末清初的史學家談遷，是一位致力於學問終生不渝的著名學者。談遷（一五九三－一六五七年）原名以訓，字觀若。清順治二年（一六四五年）為紀念明朝的亡國，改名為遷，字孺木。浙江海寧人。談遷自幼博覽群書，學識廣博，尤其留心於明朝典故。

明天啟元年（一六二一年），談遷因母喪在家守孝，翻看有關明朝史書。明代各朝均有實錄，但是其中錯訛紕漏之處很多。比如《太祖實錄》三次改寫，隱去了不少歷史真相。《孝宗實錄》是當時的奸臣焦芳所編，更多歪曲之詞。陳建所著《皇明通紀》當中錯誤也很多，而且見解膚淺。於是他有了重新編寫明朝歷史的想法，並開始動手搜集資料。談遷家中貧窮，無力購求，他就四處奔走，常常到百里之外借書抄書。他克服種種困難，閱讀有關明代的諸家史書一百餘種，並相互對證比較，記錄了一條條札記，按年月分別放在有很多抽屜的

櫃子裡，再按事件進行綜合研究。他反覆修改了六次，才在天啟六年（一六二六年）完成初稿。

清軍入關，明朝覆亡。談遷滿腔悲憤，更加發憤著書，以此來寄託對故國的懷思。南明政權曾經召他入史館任職，談遷堅辭不就，他說：「我怎能以國家之不幸，而為自己謀得一官半職呢？」他在初稿的基礎上又不斷修訂，續寫了崇禎、弘光兩朝的史實。為了掌握第一手資料，他遍訪了崇禎朝十七年間的政府邸報，以補充書中的缺漏。書成，定名《國榷》。

然而不幸的事情發生了。當時江南人士身經戰亂，許多人想透過著述來追敘喪亂的原因，以使後代得知，但苦於見聞狹隘，無所憑藉。這些人聽說談遷著成《國榷》一書，便想方設法盜竊其書稿據為己有。一天深夜，盜賊進入談遷家中，將其所珍藏的《國榷》書稿全部偷走。這時談遷已經是五十五歲的白頭老翁了，眼看著自己二十多年的心血付諸東流，傷心欲絕。

但是，談遷並未就此停頓，他說：「我的手尚在，絕不能因此停止著述。」於是又從頭開始，輾轉到嘉善、歸安、吳興、錢塘等地借書抄書，歷經四年，於清順治七年（一六五〇年）再次編寫成《國榷》。

《國榷》完稿後，對萬曆到崇禎幾十年的史實，由於黨爭反覆，記載不一，是非難辨，談遷感到不滿意。他想去北京加以訂正，卻因家貧，不能如願。直到順治九年（一六五三年）

義烏朱之錫進京做弘文院編修，聘請他當記室，才攜稿從嘉善循運河北上進京。在北京兩年半中，除了應付日常筆墨文章之外，談遷盡力搜集史料，以補《國榷》之不足。為了尋訪遺跡，他不顧年過花甲，常常登山涉水，腳都起了泡。找到遺跡，就用小紙片記錄下來，有時紙不夠用，就寫在用過的紙背上，密密麻麻，詳細備至。他還到處尋訪明朝的降官、太監、遺民，只要有一點線索，他都毫不放過，總要問個水落石出。就這樣，談遷將所見所聞作了詳細記錄，並和文獻一一核對，補充糾正《國榷》，使之更加完備。順治十三年（一六五七年）冬，談遷病逝於朋友家中，留下了《國榷》這部輝煌的史學鉅著和各類筆記。

《國榷》是一部明朝編年史書，起於元天曆元年（一三二八年），止於明弘光元年（即清順治二年，一六四五年）。全書共一百零八卷，五百餘萬字。敘事詳盡，考證精到，流傳至今，具有重要的史學價值。談遷用他的畢生精力，日就月將，筆耕不輟，雖遭坎坷而志猶不悔，終於抵達了光明的境界。

濟濟多士

【名言】

濟濟多士，克廣德心。

——《頌·魯頌·泮水》

【要義】

濟濟，形容眾多。士，這裡指有才能的人。廣，推廣。

這句名言的意思是：「眾多有才能的臣子，能推廣善德之心。」

《泮（泮音盼）水》這首詩，一般解釋為魯國人為稱頌伯禽的戰功而作。伯禽是周公之子，受封為魯侯，當時的少數民族部落淮夷、徐戎不服從周朝的管制，伯禽率領軍隊進行討伐，平定了淮、徐，確保了魯國邊境的安全。泮水，水名，發源於今山東泗水縣。一說是泮

宮之水。大概伯禽凱旋，在泮水受到國人的歡迎，舉行了獻俘儀式，國人因此作歌稱頌其事。

所引名言，表達的意思近於今天所說的「眾志成城」的含義，與它相對的一個成語叫做「獨木難支」，都是說明團結合作精神的重要性。從當政者的角度來說，就是要具有寬闊的胸襟，廣泛吸收人才，廣開言路，這樣才能夠實現「德心」的推廣，即讓合理的建議和政策得到廣泛的認同。

【故事】

中國古代經濟文化最強盛的時代，首推唐朝。而為唐朝的強盛奠定基礎的，是唐太宗李世民（五九九－六四九年）這位傑出的政治家。他之所以傑出，就是因為善於察納雅言，廣開言路，因而得到很多具有才能者的支持，積極地為他出謀劃策，使國家得到長治久安。

唐太宗和他的臣子們都經歷過隋朝末年的戰亂，對隋朝覆亡的原因認知得很清楚。他對臣子們說：「君主如果剛愎自用，自以為比別人聰明，他的部下一定會諂媚他。結果君主失去國家，部下也不能單獨保全。隋朝宰相虞世基一味阿諛楊廣，以保自己的富貴，結果也難逃一死。各位應該以此為戒，對國家大事有意見，一定要告訴我。」他不光這樣說，而且在實際行動中也履行了這一原則。

有一次，唐太宗下令男子年齡雖不滿十八歲，但體格健壯者，也要應徵當兵。魏徵卻拒絕在詔書上簽字。唐太宗告訴他：「這都是奸民逃避兵役，故意少報年齡。」魏徵說：「陛下常說，我以誠信待天下，要人民不可欺詐；可是您卻先失去誠信。」太宗聽後感到很驚愕，魏徵接著說：「陛下不以誠信待人，所以先疑心人民欺詐。」這番話說得非常尖刻，但是太宗覺得很有道理，於是就立即收回命令。

太宗又下令，凡是官員偽造資歷，限期自首，否則處死。限期過後，又有查獲，太宗就命令立即斬首。負責執法的大理寺少卿戴胄（胄音ㄓㄡˋ）卻只判了他們流刑。太宗大怒說：「你故意讓我說話不算話！」戴胄說：「陛下命令，不過一時的喜怒。法律卻經過縝密研究，頒佈天下，人民共守。陛下應該忍小忿而存大信。」太宗回嗔作喜說：「你執法如此嚴正，我還有什麼憂慮的呢！」

隨著唐初社會穩定，國庫充實，太宗想整修洛陽宮殿。給事中張玄素說：「陛下當初克復洛陽，把隋朝的宮殿全燒了，不到十年，卻加倍經營。為什麼從前厭惡它，而今卻要效法它。這種情形，比楊廣更壞。」

太宗變色說：「你說我不如楊廣，那我比紂王如何？」張玄素坦然直言：「如果不停工，就跟紂王一樣！」太宗受到這樣的頂撞，絲毫不以為忤，反而自責說：「我考慮不周，才會有這樣的錯誤。」當即賞賜張玄素綢緞兩百匹，下令停工。

太宗的兒子李恪（恪音ㄎㄜˋ）打獵時傷害了農民，被監察御史柳範彈劾。太宗認為長史權萬紀沒有進行規勸阻止，負有罪責，應該處死。柳範說：「丞相房玄齡還不能阻止陛下打獵，怎麼能單單責備權萬紀。」太宗聽了非常生氣，回到宮中很長時間才消了怒氣，靜心一想，發現是自己理屈，馬上再出來召見柳範，對他進行嘉獎。

最敢直撞太宗的人是魏徵。有一次太宗受不了魏徵的直言指責，在大怒中回宮，一面發誓：「看我不殺掉這個鄉巴佬！」長孫皇后詢問是誰。太宗沒好氣地說：「當然是魏徵，他總是在大庭廣眾之下侮辱我。」長孫皇后穿戴好皇后的官服，站在庭院之中，向太宗參拜。太宗大吃一驚，起身詢問緣故。長孫皇后說：「我聽說，領袖英明則部下正直，魏徵所以正直，正是由於您的英明，我怎能不祝賀呢！」太宗這才醒悟。不久之後，即擢升魏徵為侍中。

太宗身邊圍繞著這樣一大批人才（甚至包括他的皇后），但還是命宰相封德彝薦舉人才，唯恐失察。但是過了很長時間也沒有消息，於是就一再催促封德彝。封德彝說：「不是我不盡心，實在是今世沒有人才。」太宗不高興地說：「這是什麼話！帝王治理國家，都是取才當世，豈有到幾百年前去借人才的。只可說你自己不知道，怎麼可誣衊一代人呢？」封德彝大為慚愧。

就這樣，唐太宗以博大的胸襟，廣泛吸收人才，聽取有益的建議，使得國家日益昌盛。

天命玄鳥

【名言】

天命玄鳥，降而生商，宅殷土芒芒。

——《頌・商頌・玄鳥》

【要義】

玄鳥，燕子。一說為鳳凰。宅，居。

殷土，殷地，今河南安陽一帶。芒芒，廣大的樣子。

這句名言的意思是：「上天命令玄鳥顯聖，降臨人間，誕生了商人的祖先，定居在廣大的殷地。」

《玄鳥》這首詩，是殷商後裔祭祀祖先時的頌歌。商是黃河下游的一個古老部落，子姓。

後來商湯代夏而興，盤庚時定都殷，成為當時疆域廣大的國家。帝紂的時候被興起於西方渭水流域的周朝所滅。周朝建立後製作禮樂典章，商代的文化一部分被吸收，但可能大部分都已湮滅。據《論語》、《禮記》等記載，至晚到孔子的時代（西元前六世紀）已經匱乏文獻以徵商禮。二十世紀初在殷墟出土大量甲骨文，為瞭解商代文化提供了寶貴資料。

武王伐紂後，分封殷的後代於宋，承繼殷商的宗祧（祧音ㄊㄠ，古代祭拜遠祖的廟），《商頌》共錄詩歌五首：《那》、《烈祖》、《玄鳥》、《長發》、《殷武》，均為宋人追懷祖先功績，歌詠殷商歷史傳說的頌歌，其中尤以追慕成湯（商武王）的開國功績為重。

【故事】

傳說商人祖先契的母親叫簡狄。是上古部落有娀氏的女兒。有一天她跟姐妹們在河中洗浴，看到一隻燕子飛過來，口裡銜著一枚鳥卵。在飛經她們的時候，鳥卵掉了下來。簡狄拾起來，啊，好漂亮啊，這小小的鳥卵竟有五種絢麗的顏色，光彩奪目。簡狄簡直愛不釋手了，她把五彩的鳥卵含在嘴裡，沒想到這小東西很滑溜，一下子就掉進肚子裡去了。簡狄倒也沒把它當回事，洗完澡就跟姐妹們有說有笑地回家去了。沒想到不幾日簡狄竟懷了孕。十月懷胎，一朝分娩，簡狄生下一個活潑健康的男孩子，取名契。

簡狄雖然是個女子，但是非常善於管理部落人事，懂天文，樂於施予別人恩惠。等到契

年齡大一些，就開始教他治理國家的知識，而契生來就聰明，學得很快，漸漸有了名氣。當時堯帝在位，聽說契有才能，就任命他為司徒。堯帝死後，舜帝即位，對契說：「百姓不相親睦，五倫不和諧，你作為司徒要恭謹地推行五倫教化，最重要的是寬容。」並把契分封在商（今河南商丘），賜姓子氏。契在世的時候，曾經協助大禹治水，功勳在民間傳頌，所管轄的百姓安居樂業。

契傳十三世到了湯，湯把商人的國都遷到亳（亳音ㄅㄛˊ，今安徽亳縣），這裡是先王帝嚳的故都。湯禮賢下士，很多有才能的人都嚮往商國。有個叫伊尹的人很有治理國家的才能，他很想去商，但又沒有合適的途徑，於是就藉有莘氏跟商湯結親的機會，扮作有莘氏陪嫁的奴僕，跟著來到了商。他起初的身分是當廚師，於是就藉著給湯上菜的時候，巧妙地勸誡湯施行王道。湯發現伊尹是個大才，就任命他為大臣，還把他推薦給夏朝的天子。然而伊尹到夏，看到夏桀的殘暴昏亂，非常不滿，於是又回到商，輔佐湯治理國家。

湯對伊尹說：「人從水中可以看到自己的形象，從民眾中也可以知道國家的治亂。」伊尹鼓勵他說：「您的話真是聖明！善於聽從意見，治國之術才會有長進。治理國家要愛民如子，有德行的人要選拔為官。好好努力吧！」於是湯聽取大眾的意見，施行仁德的政治。

有一次湯外出，見到有個獵鳥的人，把捕鳥的網子拉開四面，並且禱告：「四面八方的都進來吧。」湯覺得很不妥，就對那人說：「唉呀，這樣一網打盡怎麼行？」便撤去三面，

只留一面，然後禱告：「要往左的往左，要往右的往右。不聽命令的，就進入我的網。」諸侯們聽說這件事，都說：「湯的德行太高了，連鳥獸都能顧及到。」

這時，夏桀暴虐荒淫，諸侯昆吾氏也作亂為害，天怒人怨。湯就起兵，率領諸侯討伐，伊尹也跟隨輔佐。湯親自手執巨斧，首先討伐昆吾氏，再討伐夏桀。夏桀戰敗，逃往鳴條（今山西夏縣西北）。湯又征服不遵命令的諸侯，然後登上天子的寶座，天下又恢復了太平。

湯以後，商又屢次遷都，盤庚在位的時候才定都於殷，所以商又稱為殷。自湯傳十七世、三十一王，至帝紂，又步夏朝的後塵，被西方興起的周朝所滅。

先秦經典智慧名言故事

張樹驊主編　沈兵稚副主編

01	《老子》《莊子》智慧名言故事	林忠軍	定價：240元
02	《孫子兵法》智慧名言故事	張頌之	定價：240元
03	《詩經》智慧名言故事	楊曉偉	定價：240元
04	《周易》智慧名言故事	李秋麗	定價：240元
05	《論語》智慧名言故事	王佃利	定價：240元
06	《孟子》智慧名言故事	王其俊	定價：240元
07	《韓非子》智慧名言故事	張富祥	定價：240元
08	《禮記》智慧名言故事	姜林祥	定價：240元
09	《國語》智慧名言故事	牟宗豔	定價：240元
10	《尚書》智慧名言故事	張富祥	定價：240元

國家圖書館出版品預行編目資料

《詩經》智慧名言故事 / 楊曉偉 編
-- 一版. -- 臺北市 :廣達文化，2009.12
; 公分. -（經典智慧名言叢書：03)（文經閣）
ISBN 978 957-713-429-5 (平裝)
1. 詩經 2.格言 3.通俗作品
831.1 98015532

本書感謝齊魯出版社授權出版

經典智慧名言叢書：03

《詩經》智慧名言智慧

編者：楊曉偉

主編：張樹驊
副主編：沈冰稚

文經閣
出版者：廣達文化事業有限公司
Quanta Association Cultural Enterprises Co. Ltd

發行所：臺北市信義區中坡南路路 287 號 4 樓
電話：27283588　傳真：27264126
E-mail：siraviko@seed.net.tw

本公司經臺北市政府核准登記 登記證為局版北市業字第九三二號
印　刷：卡樂印刷排版公司　　裝　訂：秉成裝訂有限公司

代理行銷：創智文化有限公司
臺北縣中和市建一路 136 號 5 樓　電話：22289828　傳真：22287858

一版一刷：2009 年 12 月

定　價：240 元

文經閣

貧者因書而富

富者因書而貴

文經閣

貧者因書而富

富者因書而貴

文經閣

貧者因書而富
富者因書而貴

文經閣

貧者因書而富
富者因書而貴